少林棍王

소림곤왕

한성수 新무협 판타지 소설

FANTASTIC ORIENTAL HEROES

소림곤왕 7

한성수 新무협 판타지 소설

초판 1쇄 찍은 날 § 2010년 2월 1일
초판 1쇄 펴낸 날 § 2010년 2월 8일

지은이 § 한성수
펴낸이 § 서경석

편집장 § 문혜영
편집 § 주소영

펴낸곳 § 도서출판 청어람
등록번호 § 제1081-1-89호
등록일자 § 1999. 5. 31
어람번호 § 제2-1880호

주소 § 경기도 부천시 원미구 심곡2동 163-2 서경B/D 3F (우) 420-822
전화 § 032-656-4452 팩스 § 032-656-4453
http://www.chungeoram.com
E-mail § eoram99@chollian.net

ⓒ 한성수, 2009

ISBN 978-89-251-2074-4 04810
ISBN 978-89-251-1861-1 (세트)

⑦

少林棍王
소림곤왕

한성수 新무협 판타지 소설

청어람

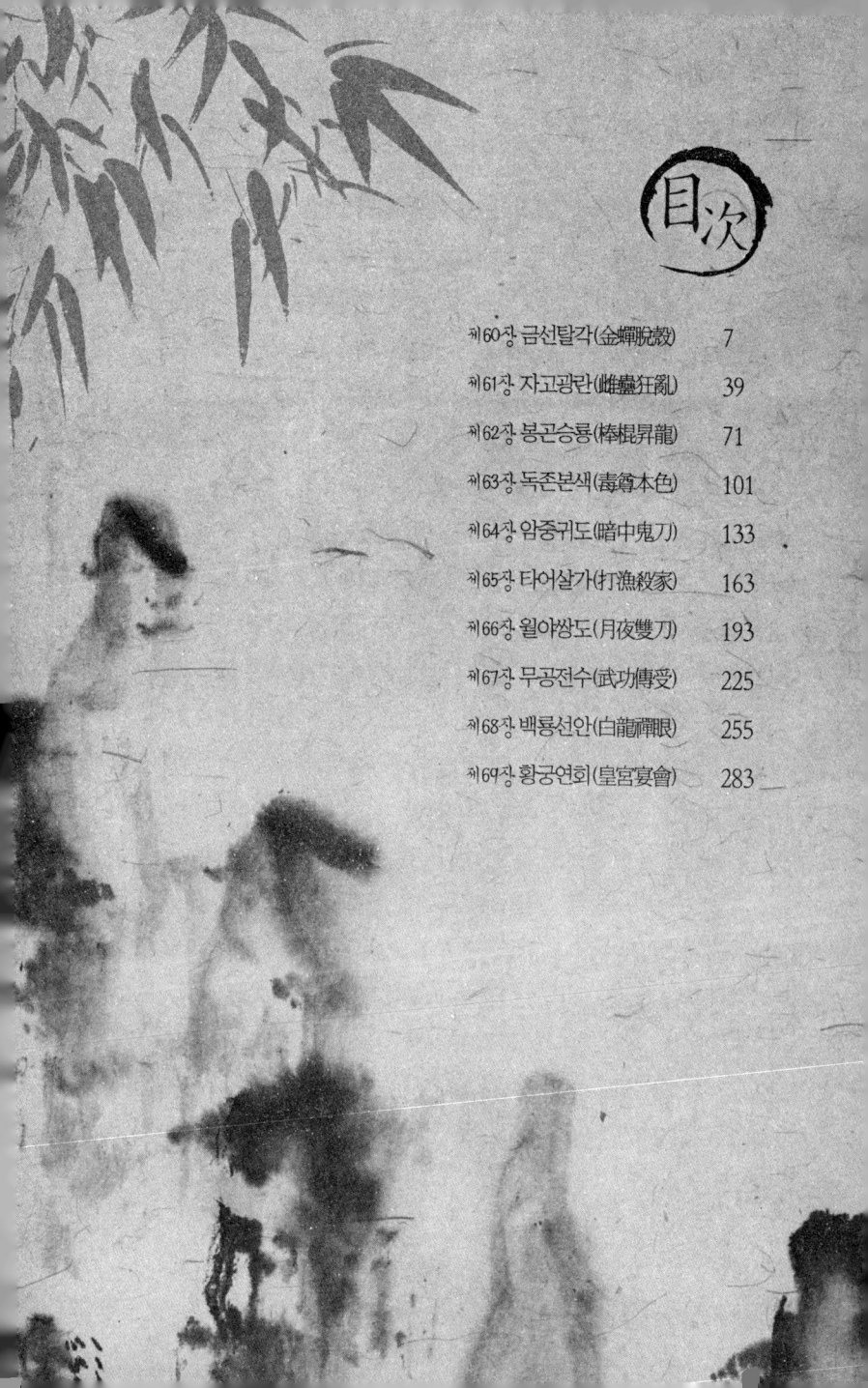

目次

第六十章

금선탈각(金蟬脫殼)

少林
棍王

소림곤왕

금빛 매미는
허물을 벗어야 만들어진다

백척간두(百尺竿頭)에 선 심정이 이러할까?

해월왕은 눈앞에서 시시각각 변화하고 있는 전황을 쉽사리 받아들이기 어려웠다.

부상국을 떠난 후 거의 십수 년에 걸쳐서 어렵게 키운 군세였다. 비록 해적이라 손가락질을 받았으나 어떤 부상국 번외정예에 결코 못하지 않은 군세라 자부하고 있었다.

여태까지의 전적이 이를 증명한다.

해월왕이 이끄는 해월낭인대는 곤왕 유대유가 이끄는 유군과의 최초 조우 시의 패배를 제외하곤 연전연승을 구가해왔다. 단 한 차례의 패배도 당하지 않았었다.

금선탈각(金蟬脫殼) 9

아니다. 이젠 모두 과거의 일이 되어버렸다.

지금 해월왕이 보는 눈앞에서 해월낭인대는 패배 직전에 몰려 있었다. 그것도 전날 유대유가 이끄는 유군에게 당했던 것에 버금갈 만큼 압도적으로.

망연자실해 있는 해월왕에게 역시 황망한 기색이 완연한 십도가 다가들었다. 두 눈에 핏발 역시 서 있다.

"주군, 완벽하게 당했습니다! 적의 포위섬멸전에 꼼짝없이 걸려들고 말았습니다! 칠 사형이 저들의 본대를 붙잡고 늘어지는 동안 저와 사형들이 양동에 나서겠습니다! 그러니 주군 께서는 중군을 맡아서 퇴각해 주십시오!"

"중군을 이끌고 나 혼자 퇴각하라는 것이냐?"

"그렇습니다!"

"거부하겠다. 이번 전투는 아직 끝나지 않았다! 지금부터 내가 직접 적의 중심부로 달려들어 적장의 목을 벨 것이다!"

"죄송합니다만, 그 명만은 따를 수 없습니다!"

"감히!"

해월왕이 십도의 항명에 두 눈 가득 노기를 담았다. 당장 수중의 대태도를 휘둘러 십도를 두 토막낼 것 같다. 그 정도 의 살기를 일시에 뿜어냈다.

그러나 십도의 표정은 여전했다. 이미 목숨을 버릴 각오를 한 지 오래였다. 이제 와서 주군인 해월왕의 분노에 자신의 뜻을 꺾을 생각은 없었다.

"주군, 주산군도에는 아직도 많은 군세가 남아 있습니다. 어찌 기울어진 전장에서 목숨을 버리려 하시는 겁니까?"

"내 힘으론 이미 이 전장의 판세를 뒤집을 수 없다는 뜻이더냐?"

"그렇습니다. 그러니 부디 권토중래하여 오늘의 패배를 되갚아주십시오."

"......"

해월왕의 살기 어린 눈이 문득 붉은 기운을 머금었다. 그러나 그는 전장에서 칼날에 묻은 피를 핥으며 살아온 자였다. 무사였다. 사무라이였다. 수하 앞에서 약한 모습을 보이는 것을 배운 적이 없었다.

히히히힝!

해월왕이 십도를 다시 한차례 바라본 후 말의 고삐를 잡아당겼다. 십도의 진언대로 중군을 이끌고 퇴각하기로 마음먹은 것이다.

"이런!"

엽지건은 전장의 한복판에서 나직이 혀를 찼다.

그가 천룡영웅대와 함께 참전한 후 전황은 완전히 기울었다. 척가군을 쫓느라 지친 해월낭인대는 유군의 본대에 완전히 각개격파를 당했고, 엽자건은 확실한 뒷걸거지를 담당했다.

절벽에서의 소떼 몰아넣기 작전이 결정타였다.

사방에서 압박을 가해온 유군에 밀려 절벽 부근으로 후퇴한 해월낭인대의 머리 위로 수백 두가 넘는 소떼가 떨어져 내렸다. 엽자건이 정교하게 조율한 천룡영웅대 강습 작전의 시작이었다. 개개인이 무공 고수인 천룡영웅대가 아니고선 상상조차 할 수 없는 전법이었음은 물론이다.

덕분에 이후의 싸움은 아주 편했다.

사방에서 튀어나온 적에 의해 사면초가에 빠진 상태에서 머리 위로 쏟아져 내리는 소떼와 천룡영웅대를 동시에 맞은 해월낭인대는 단숨에 붕괴되었다. 전열이 완전히 무너졌을 뿐더러 공포에 넋이 빠져 제대로 된 저항조차 해보지 못하고 급격히 패퇴했다. 아예 일방적인 도살극을 당하기 직전에 직면한 것이다.

그때 나선 게 해월낭인대 선진에 속해 있던 네 명의 도객이었다.

사즉생(死卽生)!

그들은 빼어난 무위와 죽기를 각오한 돌격으로 유군의 가장 약한 방어진을 뚫었다. 꼼짝없이 전멸의 위기에 빠진 해월낭인대의 활로를 여는 대활약이었다.

게다가 또 한 가지!

활로를 뚫은 것도 모자라 지금 네 명의 도객은 짧은 시간만에 선군을 두 개로 나누는 재간을 보였다. 본진을 구하기 위해 자살 특공조를 꾸려서 유군과 천룡영웅대를 막아낼 기특한 생각을 한 것이 분명했다.

'저쪽에도 머리 좀 쓰는 친구가 있는 것일 테지. 하지만 나하고 아호도 여기로 오기까지 아주 골머리를 썩였거든. 이대로 팔짱 끼고 있을 생각은 없다구.'

내심 눈을 빛낸 엽자건이 수중의 패왕검과 함께 앞으로 나섰다. 여태까지완 달리 자신이 직접 나서서 십도가 이끌고 있는 해월낭인대의 자살 특공조를 박살 낼 작정이었다. 그리만 하면 나머지는 척호가 알아서 할 거라 굳게 믿었다.

"돌격!"

"우와아아아!"

엽자건의 짤막한 일갈과 함께 천룡영웅대의 일대가 우렁찬 함성을 터뜨렸다.

연전연승을 거쳐서 천룡위주인 엽자건을 완전히 믿고 신뢰하게 된 후기지수들이었다. 또 한 번의 대승을 눈앞에 둔 지금 사기가 하늘을 찌르지 않을 이유가 없었다.

"자건 녀석, 또 선수를 치는군."

척호가 천룡영웅대의 압도적인 돌격을 지켜보며 입가에 쓴웃음을 매달았다.

유군의 본대가 합류한 시점에서 이미 이번 싸움의 승패는 결정 났다고 할 수 있었다. 완벽하게 짜여진 포위섬멸전에 해월낭인대가 걸려들었기 때문이다.

그러나 전장이란 건 항상 논리적이지 못하다.

꼼짝없이 전멸에 직면해 있던 해월낭인대는 놀랍게도 활로를 열었고, 성공적인 퇴각 작전에 돌입하고 있었다. 자칫 다 잡은 대어를 놓치게 된 상황이었다.

그때 엽자건이 다시 발 빠르게 나섰다.

처음에 수백 리나 떨어진 장소에서 스스로 모루의 역할을 자처했을 때와 다름없었다. 척호에게 한마디 의논도 없이 이번에도 먼저 일을 저질렀다.

전장.

내심 괘씸하긴 하나 어쩔 수 없었다. 보조를 맞출 수밖에 없었다.

"혁련 부장!"

"옙!"

"지금부터 척가군을 이끌고 중앙 돌파에 돌입한다! 목표는 해월왕 야규 세이쥬로다!"

"대장, 그러기엔 후방의 방어벽이 상당히 두텁습니다만?"

"곧 뚫릴 거다, 천룡영웅대에 의해서. 우리는 그 사이를 뚫고 곧바로 진격한다. 대답은?"

"곧바로 준비시키겠습니다!"

"좋아."

척호가 혁련성에게 한차례 고개를 끄덕여 보이곤 다시 피

묻은 장창을 손에 쥐었다. 평상시 사용하던 애병이 아니다. 난전 중 집어든 이름 모를 창이었다.

상관없다.

전장에선 무엇이든 애병이 된다. 그럴 수 있어야만 진정한 전사라 할 수 있었다.

'오늘 내로 해월왕의 목을 취할 수 있을까? 내가 못하면 자 건 녀석한테 맡기면 되니까 상관없으려나?'

전혀 그렇지 않다.

척호의 강하게 빛나고 있는 두 눈이 이를 웅변적으로 말해 주고 있었다.

*　　　*　　　*

북경.

언제나처럼 고택의 정원을 한가롭게 산책하고 있던 천기 마야의 눈꼬리가 가벼운 떨림을 보였다. 여유자적 움직이고 있던 걸음 역시 잠시 멈춰 선다.

'하긴 슬슬 올 때가 되었다고 생각하긴 했었지…….'

찰나간의 변화, 그리 오래가진 않았다.

곧 천기마야의 얼굴이 다시 예의 무심함을 회복했다. 얼핏 변했던 표정이 착각이었던 듯싶기도 하다.

아니었다.

스팟!

문득 천기마야의 손가락이 허공을 일직선으로 가로질렀다. 그에 따라 무형의 진기가 폭풍처럼 일어난다.

"큭!"

짧막한 신음이 터져 나왔다. 허공이다. 그와 함께 바닥에 떨어져 내린 붉은 핏자국!

"제법 괜찮은 솜씨로구나!"

천기마야의 입에서 칭찬의 말이 흘러나왔다. 아주 드문 일이다.

더불어 그의 손가락이 다시 움직임을 보였다.

이번에는 사선이다.

속도 역시 처음의 일격보다 족히 두 배는 넘는 듯하다.

푸확! 푸확!

이번에는 비명 따윈 없었다. 그냥 사선이 스쳐 간 허공중에서도 두 개의 피보라가 일어났을 뿐이다. 애초 첫 번째 일격으로 인해 흘러나온 신음성과는 상당 부분 떨어진 장소에서 벌어진 일이었다.

천기마야의 들어 올려진 손가락 끝에는 흐릿한 뇌광이 머물러 있었다. 천하에 아는 이가 극히 드문 대종교의 절세마공인 풍우뇌벽(風雨雷壁)의 특징이었다.

그가 손가락을 까닥거리며 뇌까렸다.

"다시 피를 봐야만 하는가? 원한다면 나머지 세 명을 한꺼번에 상대해 줄 수도 있네만?"

"충분한 것 같습니다."

대답은 역시 상당히 의외의 장소에서 흘러나왔다. 얼마 전까지 정원의 한켠을 차지하고 있던 태호석에서 한 명의 인영이 모습을 드러낸 것과 동시에 벌어진 일이었다.

스륵!

마령귀사는 진면목을 드러낸 것과 함께 천기마야를 향해 정중하게 허리를 숙여 보이곤 부복했다. 방금 전 일어난 괴사가 그와 무관치 않음을 쉽사리 짐작할 수 있었다.

천기마야가 미미하게 고개를 끄덕여 보였다. 애초부터 이번 일에 마령귀사가 포함되어 있음은 짐작하고 있었다. 궁금한 건 그가 주모자이냐, 아니냐 정도였다.

"흑도묵검을 가지고서도 귀살인도를 복속시키는 게 그리 쉽지는 않았던 것이겠지?"

"부상국의 무수히 많은 인자 유파 중 유일하게 천 년을 버틴 게 귀살인도입니다. 계약이 아니라 완전한 복속을 원하셨으니, 적당한 통과 절차는 밟으셔야 하지 않겠습니까?"

"그래서?"

"지금 이 순간부터 귀살인도는 오로지 한 명의 주인만을 모시게 되었습니다. 이는 피의 맹약입니다."

말을 마친 마령귀사가 길쭉한 손톱으로 자신의 손목을 그어서 피를 냈다. 귀살인도의 새로운 당주로서 천기마야를 주인으로 받아들이는 피의 맹약을 손수 행한 것이다.

천기마야가 그 모습을 지그시 바라보다 입가에 기묘한 미소를 만들어냈다.

"그런데 어째서 다른 자들은 모습을 드러내지 않는 게지? 특히 마령귀사, 자네 발밑에 있는 자가 궁금한데 말야?"

"그는……."

마령귀사가 입술을 뗀 것과 동시였다. 그가 부복해 있던 땅이 가벼운 들척거림을 보이더니, 갑자기 흐릿한 귀영 하나가 모습을 드러냈다.

바람에 흩날리는 꽃잎 하나?

천기마야의 눈에는 분명 그리 보였다.

물론 착시 현상이다.

순간적으로 바람에 흩날리던 꽃잎은 하나의 붉은 나비로 환원되었다. 바로 천기마야를 지척에 둔 상태에서 그리되었다.

귀살인도 비술 혈호접무!

빙긋.

천기마야의 입꼬리가 다시 치켜올라 갔다. 웃음이었다.

'당주인 마령귀사의 피의 맹약까지 이용한 암습이라? 여태까지 귀살인도를 실질적으로 움직이고 있던 자이렷다!'

찰나간의 생각과 함께 천기마야의 손가락이 다시 움직임을 보였다. 뇌광 역시 함께다.

스웃!

이번은 동그라미다.

단숨에 공간을 갈랐던 앞서의 손짓보다 느린 속도.

하지만 그 속에 담긴 뇌광의 위력은 일반적인 초절정고수가 전력으로 만들어낸 호신강기를 뛰어넘었다. 일반적인 형태 역시 띠지 않았다. 천기마야를 중심으로 무한에 가까울 정도의 확장성을 보였다.

푸확!

또다시 허공중에서 핏물이 터져 나왔다. 귀살인도의 자랑인 혈호접무가 허무하게 깨져 버렸다. 채 발동이 걸리기도 전에 속도에서 완패를 당하고 말았다.

더불어 별다른 변화가 없는 천기마야의 발치로 한 명의 귀영이 힘없이 떨어져 내렸다. 마지막 순간까지 천기마야에 대한 살행을 포기치 않았던 환야였다.

흔들!

일순 환야의 신형이 다시 미묘한 변화를 보이려다 동작을 멈췄다. 최후로 펼친 환마무흔경조차 천기마야가 일순 뿜어낸 미증유의 거력에 제농이 걸려 버렸다. 순식간에 옴짝달싹도 하지 못하게 되었다.

문득 여전히 부복을 풀지 않고 있던 마령귀사가 음울한 목소리로 말했다.

"이제 만족하겠나? 할 수 있는 모든 걸 다 해봤으니까."

"……."

환야는 대답하지 않았다. 할 수도 없었다. 지척에 있는 천기마야로부터 뿜어져 나오고 있는 가공지경의 무형지기에 심혼마저 짓눌려 버린 듯했다. 호흡조차 쉽사리 가눌 수가 없을 만큼 극도로 몰려 있는 상황이었다.

대신이랄까?

천기마야가 다시 입가에 미소를 매단 채 마령귀사에게 시선을 던졌다.

"제법 강골이로군. 하긴 천 년의 세력을 이끌어온 계승자라면 그만한 고집은 있는 게 당연한 일일 터. 하면 내가 한 가지 제안을 하면 어떻겠는가?"

"본인은 당주가 아니올시다."

"당주의 명조차 따르지 않았지 않은가?"

"……."

침묵으로 대답을 회피하는 환야를 향해 천기마야가 미미하게 고개를 끄덕여 보였다. 입가의 미소가 조금 더 진해져 있었다.

"노부는 중원무림의 일통을 원하고 있다네. 그 외의 일에는 전혀 관심이 없어. 그러니 삼 년만 노부를 따르도록 하게나. 그 뒤엔 귀살인도에 자유를 줄 터이니 말야."

"당주도 그 사실을 알고 계셨던 것이오?"

"그렇네. 물론 한 가지 더 노부에게 요구하는 사항이 있었

지만 말야. 그것도 듣고 싶은가?'

"필요없소이다."

차가운 대답과 함께 환야가 정중하게 자세를 갖췄다. 어느
새 그를 압박하고 있던 무형지기는 완전히 자취를 감춰 버렸
기에 행동에 전혀 제한을 받지 않았다.

스륵!

고개가 아래를 향한다. 마령귀사와 마찬가지로 천기마야
를 자신의 주군으로 인정한 것이다.

"주인을 시험한 걸 용서하시기 바라오. 그 죄는 내 한 팔로
갚도록 하겠소이다."

"그럴 필요는… 없지만, 벌써 잘라 버렸군."

돌발적인 환야의 행동을 막으려던 천기마야가 슬며시 눈
살을 찌푸려 보였다. 이미 환야가 빼든 소태도가 그의 왼팔을
잘라 버린 후였기 때문이다.

지혈은 금세 이뤄졌다.

침착하게 왼팔의 상처를 감싼 환야가 다시 천기마야에게
정중하게 고개를 숙여 보인 후 신형을 감췄다. 특기인 환마무
형경을 다시 펼쳐 애초 이곳에 존재하지 않았던 자가 되어버
렸다.

'끌끌, 마령귀사보다 다루기 힘든 자가 아닌가?'

내심 혀를 찬 천기마야가 여전히 처음 모습을 드러냈을 때
와 다름없이 부복해 있는 마령귀사에게 시선을 던졌다. 다시

평상시와 다름없이 무심함을 회복한 표정이다.

"황궁 무고에 곤왕이 억류되었네. 아무래도 엄숭(嚴嵩)이란 자가 아주 바보는 아니란 것이겠지. 아니면 도교 방술에 심취해 국정에 관심을 잃었다고 알려진 중원의 황제의 심사에 변화가 생겼거나 말야."

"곤왕의 암살은 힘듭니다."

"알아. 하지만 황제가 아끼는 황족이라면 어떻겠나?"

"자금성에서 기거하는 자만 아니라면 어떤 황족이든 암살할 수 있습니다."

"암살할 것까지야 있겠나? 그냥 적당히 납치해서 억류하면 될 것이야. 물론 적당히 곤왕 일파와 관련있는 군부 인물들의 흔적을 남겨놔야겠지."

"명을 내려주십시오."

"좋아."

꽤나 만족스런 표정을 지어 보인 천기마야가 전음입밀로 마령귀사에게 명령을 전달했다.

부상국 출신인 그에게만 할 수 있는 청부였다. 적어도 중원에서는 대역무도란 말을 곧바로 떠올릴 만한.

사흘 후.

북경에서 그리 멀리 떨어지지 않은 곳에 위치해 있던 연평왕부(燕平王府)에서 커다란 소동이 벌어졌다.

현 황제인 가정제(嘉靖帝)가 가장 총애하는 황족 중 한 명인 연평왕이 일단의 자객들에 의해 납치를 당하는 초유의 사건이 발생한 것이었다.

결국 북경이 발칵 뒤집혔다.

그 사건으로 인해 현재 황제를 대신해 국정을 책임지고 있는 대학사(大學士) 엄숭이 문무백관을 소집했고, 동창과 금의위가 동원되었다. 북경의 방위를 책임지고 있는 오군도독부(五軍都督府) 역시 매우 바빠졌다.

황족 한 명의 납치 사건이었다. 북경의 모든 권력과 병력이 총동원될 만큼 부산스러운 움직임이 있을 만한 일은 아니었다. 연평왕이 지닌 황족 사이에서의 무게감을 감안한다 해도 분명 그러했다.

문제는 다른 데 있었다.

자칫 이번 사건으로 인해 허수아비나 다름없이 전락한 황제가 다시 국정 전반을 주도하는 일이 벌어져선 안 되었다. 대학사 엄숭을 비롯해 다칠 사람이 매우 많다는 의미였다. 문무백관과 병부 전체에 걸쳐서 말이다.

어찌 됐든 그렇게 혼란스런 중원의 정세는 새로운 국면으로 접어들게 되었다. 누군가의 의지에 의해서, 여러 가지 아주 복잡한 상황들을 잉태한 채로.

*　　　*　　　*

중경.

이른 새벽부터 천무각 내 자신의 거처에서 운기행공에 열중해 있던 독존 당무양의 노안이 가벼운 떨림을 보였다.

'내 분명히 오시(午時:오전 열한 시부터 오후 한 시 사이) 전까진 누구도 천무각에 들이지 말라 일렀거늘!'

오시 전까지라면 꽤나 늦은 시각이다.

첫닭이 울기 전에 기침하는 당무양이고 보면 더욱 그렇다.

하지만 그는 어디까지나 현역 무인이었다. 뒷방으로 물러선 골방 늙은이가 아니었다. 아직도 새벽 수련이 천하의 어떤 중대사보다 중요한 건 지극히 당연했다.

잠시 더 자신의 거처로 향하고 있는 인기척의 추이를 지켜보던 당무양이 운기행공의 속도를 높였다. 대주천을 이룬 채 천천히 몸속의 기경팔맥을 돌고 있던 진기를 순식간에 하단전으로 돌려보내는 신기가 발휘된 것이었다.

화경?

그보다 더 높은 현경(玄境)을 바라보는 위치의 무공을 이뤄야만 이 같은 일이 가능해진다. 어떠한 상황에서도 운기조식을 능수능란하게 할 수 있고 내기를 조화롭게 다스릴 수 있게 되었다는 뜻인 까닭이다.

번뜩.

곧 당무양의 눈에서 미광이 흘러나왔다. 신광이다. 그리고 그와 때를 같이해 처소 밖에서 부드러운 여인의 목소리가 들려왔다.

"맹주님, 제가 들어가도 되겠는지요?"

'모용 문상……'

목소리의 주인공은 고소 모용세가 출신으로, 무림맹 조직 중 핵심인 군사전을 맡은 문상 신기묘산 모용초연이었다. 그녀는 무림맹의 실질적인 군사일뿐더러 당무양을 초대 맹주로 만든 거물이기도 했다.

내심 눈살을 찌푸려 보인 당무양이 불쾌한 기색을 숨기지 않은 채 말했다.

"내 분명히 오시 전까지는 어떠한 정무도 보지 않겠다고 말했던 것 같네만?"

"화급을 다투는 일이 있어 실례를 무릅쓸 수밖에 없었습니다. 양해해 주시기 바랍니다."

'만날 그놈의 양해는……'

당무양은 모용초연에게 그동안 쌓인 게 상당히 많았다. 그녀 덕분에 억지로 맹주 직에 오른 후 동배의 무림인들한테 무수히 많은 비난을 당했다. 당장 얼마 전 만난 철담협개에게만 해도 전날과 달리 절반 이상 허리를 굽히게 되었다. 처음에 한 말과 달리 뒤로 호박씨를 간 셈이 되어버린 까닭이었다.

그래도 모용초연은 백 년여 전부터 중원 천하를 암중으로 지배하던 우현(愚賢)과 연관이 깊은 고소 모용세가를 등에 업고 있었다. 또한 전대 정파 천하를 좌지우지했던 구정회(求正會)가 신무림맹에 보낸 대리인이니, 결코 무시할 수 없는 존재이기도 했다.

그 같은 생각과 함께 불편한 심기를 누른 당무양이 슬쩍 무형지기를 움직였다.

덜커덕!

문이 열리자 언제나와 같이 나이를 짐작키 어려운 백면의 여인이 정중하게 배례한 채 모습을 드러냈다. 입가에는 담담한 미소가 매달려 있는 게 속셈 역시 읽기가 어렵다.

"그럼 실례하겠습니다."

"마음대로 하시게."

당무양이 노골적으로 귀찮다는 기색을 얼굴 가득 담아 보였다. 그러나 여전히 모용초연은 개의치 않는다. 그녀는 손에 든 부들부채를 가볍게 살랑이며 안으로 들어섰다.

당무양이 퉁명스레 질문했다.

"그래, 그 화급을 다투는 일이란 게 뭔가?"

"곤왕 유대유 대협이 한 달 전 산해관에서 추포되어 북경으로 압송되었다고 합니다."

"뭐라!"

당무양의 단정하게 정리되었던 머리가 일순 공중을 향해 올올이 치솟아올랐다. 두 눈에서는 벼락불이라도 일어난 듯하다. 그 정도로 극렬한 분노가 끓어올랐다.

사락!

모용초연은 놀라지 않았다.

그녀는 순간적으로 자신을 향해 파고든 당무양의 기경을 수중의 부들부채로 가볍게 제쳐 버렸다. 애초부터 이런 일이 벌어질 것을 예상하고 있었던 것 같은 대응이다.

그러나 현재 존재하는 초고수들 중 당무양이 독보적으로 인정받는 건 엄청난 내력의 덕분만은 아니었다. 그가 일으킨 기경 속에는 지독한 독기가 함유되어 있었다. 부들부채 정도로 해결할 수 있을 리 만무했다.

"맹주님, 그만 진정해 주시지요. 해독단을 미리 복용했습니다만, 그리 오래 버틸 수 있을 것 같진 않습니다."

"으음……."

당무양이 나직한 침음과 함께 얼른 몸 밖으로 폭출시킨 독기를 회수했다. 여전히 대성을 이루지 못한 귀염독화공은 종종 그를 당황시키곤 한다.

사락!

그러자 다시 부들부채를 한차례 흔들어 보인 모용초연이 여전한 표정을 유지한 채 입을 열었다. 아직 못한 설명이 남아 있었기 때문이다.

"뿐만 아니라 북경 인근에 위치해 있던 연평왕부의 주인인 연평왕이 근래 납치를 당하는 사건이 벌어졌습니다."

"연평왕?"

"현 황제가 가장 아끼는 황족 중 한 명입니다."

시의적절한 모용초연의 첨언에 당무양의 노안이 잔뜩 찌푸려졌다. 미간 사이에 깊은 골이 파여 있다.

"설마 대유와 관련이 있는 납치 사건은 아닐 테지?"

"완전히 가능성이 없는 일이라고는 볼 수 없습니다. 유 대협은 북경의 병부에서도 꽤나 많은 지지를 받는 분이셨으니까요. 하지만……."

"하지만?"

"…하지만 유 대협의 무위는 천하무쌍입니다. 만약 유 대협께서 순순히 추포에 응하지 않았다면 십만의 군사를 동원했다 해도 결코 붙잡을 순 없었을 겁니다."

"당연하지!"

"그러니 이번 연평왕 납치 사건은 오히려 유 대협을 죽이기 위한 자들의 술책일 가능성이 높습니다. 드디어 오랫동안 침묵하고 있던 대종교가 움직이기 시작한 것이지요."

"마신이 움직였다고 보는 건가?"

"마신은 여전히 침묵 중입니다. 다만, 그가 천하에 심어놓은 세력들은 활발한 움직임을 보인 지 제법 오래되었습니다. 그러니 이젠 신무림맹 역시 그에 대한 대비책을 세워야 할 줄로 사료됩니다."

"대유는 반드시 구출해야만 하네!"

"물론입니다. 하지만 무림맹의 주요 인물들이 직접적으로 움직임을 보여선 안 되기도 합니다."

"무림맹의 주요 인물들이 움직이지 않으면? 어떻게 대유를 구출해 낼 수 있다는 건가?"

"유 대협과 관련이 깊은 사람이 움직여야겠지요. 그래야만 그분의 마음을 돌려놓을 수 있지 않겠습니까?"

"대유과 관련이 깊은 사람?"

"이미 철담협개 이 방주께서 떠나셨습니다."

"개왕이 직접?"

"예."

모용초연이 대답과 함께 입가에 미묘한 미소를 만들어 보였다. 아주 잠시 동안만 그러했다.

전설상의 어풍비행이 이와 같을까?

중경을 떠나가고 있는 철담협개의 취팔선보는 입이 딱 벌어질 만큼의 속도였다.

휙휙 지나가고 있는 주변의 풍경.

마치 천리마를 탄 것이나 다름없다. 그 정도의 속도로 철담협개는 대지를 가로지르고 있었다.

'곤왕을 추포하다니, 이 머저리 같은 황제 놈 같으니라구!'

모용초연에게 그 같은 사정을 설명 들은 순간 철담협개는 당무양 저리 가라 할 만큼 길길이 날뛰었다. 당장 북경으로 달려가서 황제의 목을 잘라 버리겠다는 대역무도한 발언 역시 거리낌없이 내뱉을 정도였다.

그러나 철담협개는 무림을 대표하는 대고수 이전에 십만 개방도를 다스리는 일방지주였다. 그 자신만을 생각할 수 있는 입장이 절대 아니었다.

모용초연이 무덤덤한 표정으로 그 같은 사정을 일깨워 주자 그는 안색을 딱딱하게 굳혔다. 더 이상 대역무도한 말을 내뱉을 수 없게 되었음은 물론이다.

그런 그에게 모용초연이 한 가지 제안을 했고, 현재 철담협개는 이를 위해 미친 듯 내달리고 있었다. 절대로 그녀가 한 제안을 거절할 수 없었다.

'누가 고소 모용씨가 아니랄까 봐 그런 영악스런 제안을 하다니. 하지만 일단 곤왕을 구해야 할 터이니, 나로서도 어찌할 수 없구나. 당장 강남으로 달려가서 엽자건, 그 녀석을 만날 수밖에 없게 되었어……'

철담협개는 내심 고개를 가로저었다.

모용초연의 뜻대로 곤왕 유대유 구출 작전에 엽자건을 이용하는 건 정말 마음에 들지 않는 일이었다. 자칫 손녀 사위로 점찍어놓은 그가 살신지화(殺身之禍)의 화를 당할 수도 있었기 때문이다.

하지만 유대유를 구출하기 위해서 소림사의 힘을 동원할 수도 없는 문제였다.

개방만큼 소림사 역시 관의 눈치를 아주 심하게 볼 수밖에 없는 처지였다. 만약 유대유 구출에 조금이라도 관련이 있다는 게 밝혀진다면 아주 오랫동안 이어져 온 관과 무림 간의 상호불가침이 깨져 버릴 가능성이 있었다. 유대유의 제자 격인 종경과 보종을 곧바로 찾아가지 않은 건 바로 그 때문이었다.

'어찌 됐든 곤왕은 엽자건의 조사가 된다고 할 수 있다. 당연히 사부와 사숙조를 대신해 구출하는 게 옳은 일일 것이다. 중원무림을 위해서는 두말할 것도 없고 말이야.'

자기합리화와 함께 철담협개가 답답한 마음에 진짜로 고개를 격하게 흔들어댔다.

맹렬한 속도로 달리던 중이다.

얼굴이 온전할 리 없다. 그의 얼굴은 아주 흉하게 이리저리 일그러졌으나 전혀 개의치 않았다. 그렇게라도 스스로를 자학해야만 답답한 심사가 조금이나마 풀릴 것 같았다.

*   *   *

운남(雲南).

성도는 곤명(昆明). 중국 서남 지역의 운귀고원(雲貴高原)에 위치하고 있으며 동쪽으로는 광서성(廣西省)과 귀주성(貴州省)과 접해 있고 북쪽으로는 사천성, 서북쪽으로는 서장(西藏)

이 위치한다.

여강(麗江) 일대에서 아주 오랫동안 세력을 잡고 있던 납서족의 왕부인 목왕부의 한켠에서 호탕한 대소가 터져 나왔다. 근래 운남무림을 빠르게 접수해 가고 있는 포달랍궁의 대법대불왕이 이 웃음소리의 주인이었다.

"푸하하하하핫! 이런 어처구니없는 일이 있는가? 정말로 중원의 황제는 바보가 아닌가?"

"······."

커다란 호피가 걸쳐져 있는 태사의에 몸을 깊숙이 파묻은 채 대법대불왕은 어깨를 연신 들썩거렸다. 만면에 즐거운 기색이 가득한 것과 달리 특유의 금안에는 차가운 기운이 가득 담겨져 있었다.

그 때문인가?

대법대불왕의 앞에 부복해 있는 매부리코의 장년인은 침묵만을 지키고 있었다. 그가 알고 있는 대법대불왕은 감정의 기복이 상당히 심한 편이었다. 질문을 던지기 전에 입을 여는 건 문제가 될 소지가 많았다.

과연 대소를 끝마친 대법대불왕이 눈매를 가늘게 만들어 보였다.

"그런데 혹시 이번 일의 배후에 북혈단이 있는 것인가?"

"그렇지 않습니다."

"아니다?"

"그렇습니다. 현재 북혈단은 운남과 사천에 걸친 중원무림 세력의 움직임을 파악하는 데 주력하고 있습니다."

"그러니 북경의 일까지 개입할 여력은 없다는 거로군?"

"그럴 필요성을 아직 느끼지 못했다고 보는 게 옳을 것입니다."

"그도 그렇군. 아직 후금의 황천기주가 제거되지 않았으니 말이야."

대법대불왕이 고개를 미미하게 끄덕이자 매부리코 장년인이 슬며시 눈을 빛냈다.

독특한 흑안.

눈자위까지 모조리 검게 물들어 있는 그의 정체는 북혈단주의 오른팔이자 군사인 쌍뇌존자(雙腦尊者) 막사여였다. 천하에 아는 이가 거의 없는 북혈단주를 대신해 대법대불왕과 중원무림을 도모하는 일을 현재 함께 수행하고 있었다.

피식!

대법대불왕의 입가에 조소가 담겼다. 막사여의 흑안은 이혼대법류의 마공을 연성했음을 뜻했다. 자신을 향해 검은 눈을 드러내자 비웃음이 절로 흘러나오지 않을 수 없다.

'북혈단의 마공 중에 흑안파뇌공(黑眼破腦功)이란 게 있어서 사람의 정신을 마음대로 깨뜨린다고 했던가? 환몽사안과 맞닥뜨린다면 어찌 될지 궁금하구나……'

환몽사안.

대법대불왕이 완성한 천하무쌍의 이혼공이다. 그 위력은 사람의 정신을 완전히 제압할뿐더러 매혹시켜서 목숨조차 도외시하게 만든다. 북혈단의 흑안파뇌공이 저주받은 마공이라 불린다 한들 감히 대항할 수 있을 리 만무하다.

그때 막사여의 흑안이 평범한 눈빛으로 변화했다. 일반인처럼 동공과 흰자위로 분리된 것이다.

"법왕님께서는 용서하시길 바랍니다. 아직 마공의 화후가 부족하여 실례를 범했습니다."

'이놈이 내 심사를 읽은 것인가?

대법대불왕의 입가에 매달려 있던 조소가 씻은 듯 사라졌다.

"흑안파뇌공을 아직 대성하지 못했다는 뜻인가?"

"알고 계셨습니까? 그렇습니다. 제 흑안파뇌공은 아직 구성 경지에 머물러 있습니다."

"그럼 대성하면 평상시로 눈빛이 변하겠군?"

"그렇습니다."

"그렇군."

대법대불왕이 조금 재미없다는 표정이 되었다. 대성하지 않은 무공은 최고의 위력을 절반도 발휘할 수 없다. 흑안파뇌공에 대한 관심이 크게 저하된 것도 무리는 아니다.

막사여가 눈을 빛내며 말했다.

"그래서 말인데 이제 본격적으로 점창파를 멸하고 사천무림을 접수하러 움직일 때가 된 것이 아니겠습니까?"

"곤왕이 중원으로 돌아왔으니, 전날의 약속을 더 이상 지킬 필요가 없다는 뜻이겠지?"

"그렇습니다. 또한 북혈단의 움직임을 아무래도 개방에서 어느 정도 눈치챈 것 같습니다. 이대로 중원 침공에 시간을 끌다가는 신무림맹의 강한 반격을 당할 수도 있지 않겠습니까?"

"그도 그렇군. 하지만 잠시만 더 곤왕 사태를 지켜보도록 하지."

"그건 어째서……?"

"그냥 그러고 싶을 뿐이야. 곤왕이 이대로 끝날 리 없다고 생각하고 있기도 하고 말야."

"…알겠습니다. 그럼 잠시만 더 점창파 공격을 늦추도록 하겠습니다."

"그리 오래 기다리진 않아도 될 거야. 곤왕에게 아직 천명이 남아 있다면 곧 어떤 식으로든 움직임이 있을 테니까 말야."

"저는 곤왕에게 천명이 남지 않았기를 빌겠습니다. 그래야 중원을 다시 도모하는 게 손쉬워질 테니까요."

"그러려나?"

대답과 달리 대법대불왕의 표정은 시큰둥했다. 곤왕 유대

유가 없다면 군이 중원무림에 진출할 의미가 없다는 생각마
저 가지고 있었기 때문이다.

　잠시 후.
　막사여가 목왕부를 떠나고 얼마 지나지 않았을 때였다. 여
전히 태사의에 앉아서 시간을 보내고 있던 대법대불왕의 배
후로 냉고성이 모습을 드러냈다. 여전히 나이를 초월한 듯 준
수한 청년의 외양을 하고 있었다.
　"북혈단을 믿어도 되겠습니까?"
　"믿지 못할 이유라도 있나?"
　"제가 황천기주 밑에서 복무할 당시 북원의 내정이 매우
복잡하게 얽혀 있음을 들었습니다."
　"그렇지. 타타르는 본래 매우 강력하나 후금보다 더욱 각
부족 간의 갈등이 극심하여 항상 문제였어. 지금도 역시 마찬
가지고 말야."
　"그렇습니다. 그러니⋯⋯."
　"그러니 북혈단이 갑자기 이리 발 빠르게 움직이는 게 이
상하다는 뜻이겠지?"
　"⋯혹시 북원으로부터 독립하여 중원무림에 신세력을 만
들려는 의도가 아니겠습니까?"
　"충분히 가능성이 있는 얘기야. 본래 북혈단은 원제국 당
시에도 무림상에 자신들의 세력을 독자적으로 만들려고 많은

공을 들였으니까. 하지만 그러면 어째서 본왕한테 달라붙으려 한 것이지?"

"중원무림 중에 유력 인사와 줄을 댄 것이 아니겠습니까?"

"금선탈각(金蟬脫殼)을 하겠다?"

"고려 정도는 해보실 만한 일이라고 사료됩니다."

대법대불왕이 태사의의 팔걸이를 가볍게 손가락으로 때렸다. 냉고성의 의견에 공감을 표시한 것이다.

"그럼 지금부터 천천히 북혈단주의 정체를 파악해 보도록 해. 그가 어떤 자인지 약간 궁금해졌다."

"존명!"

"그리고 아직도 요진이는 입을 열지 않고 있나?"

"제가 불민하여……."

"알겠다. 그만 나가서 일이나 봐."

"존명!"

다시 정중하게 복명한 냉고성이 대법대불왕의 곁에서 흐릿한 그림자로 변했다. 그보다 먼저 목왕부를 빠져나간 막사여의 뒤를 추격하기 위함이었다.

톡톡!

다시 팔걸이를 손가락으로 두들긴 대법대불왕이 입가에 다시 조소를 내비쳤다.

"하하, 황천기주의 밑에 있었기에 북원의 복잡한 내정을 알고 있었다고? 마신이 잠들어 있는 동안 대종교를 실질적으

로 장악하고 있다던 마천의 주인이 슬슬 궁금해지는군. 어떤
식으로 황천기주와 북혈단주를 동시에 포섭할 수 있었는지
말야."

마천의 주인.

북혈단주와 마찬가지로 아직은 신비의 차양 저편에 숨어
있다. 하지만 대법대불왕은 곧 그가 자신의 앞에 모습을 드러
낼 것을 직감했다. 얼마 전 길들인 위험한 짐승인 냉고성과
어떤 식으로든 연관된 형태로 말이다.

第六十一章

자고광란(雌蠱狂亂)

少林棍王
소림곤왕

"으음……."

해월왕은 어깨를 붕대로 감싸다 눈매를 가볍게 일그러뜨렸다. 통증이 뼛속 깊숙한 곳까지 파고든다. 어깨뼈가 완전히 박살 나지 않은 게 용할 정도다.

'곤왕 유대유와 맞상대하고도 살아남았던 내가 그런 애송이들에게 이런 꼴을 당할 줄이야…….'

한탄이 섞인 뇌까림.

그와 함께 해월왕의 뇌리 속으로 전날의 피투성이 싸움이 스쳐 갔다. 말도 안 될 만큼 위력적인 포위섬멸전이었다. 그 속에서 늑대처럼 해월왕을 향해 달려들던 두 명의 청년 무인은 공포 그 자체였다.

천신의 벼락같던 장창!

폭풍이나 다름없던 곤!

해월왕은 척호의 장창과 엽자건의 삼절마곤을 연달아 맞닥뜨린 후 곧 전의를 상실했다. 이제 약관을 갓 넘긴 듯한 두 청년이다. 어찌 일대일의 대결이라 해도 승패를 장담할 수 없는 강자일 수 있는가!

도저히 납득할 수 없는 일이었다.

그러나 현실은 냉혹했다. 진짜로 그 같은 일이 벌어졌다.

최초의 일격이었던 척호의 풍아창을 받아낸 후 그는 곧바로 하늘에서 떨어져 내린 것 같은 엽자건의 삼절마곤을 감당해야만 했다.

어깨를 파고든 통렬한 고통!

어깨에 직격을 당했다. 단숨에 바숴지지 않은 게 다행일 판. 그래도 그는 이를 악물었다. 수중의 대태도로 강력한 반격을 가했다. 상대를 죽이기 위함이 아니다. 오로지 절체절명의 상황에서 목숨을 구하기 위함이었다.

그러나 그때 어느새 척호의 장창이 다시 옆구리를 파고들고 있었다. 마치 엽자건의 이 같은 합공을 예상하고 있기라도 했던 것처럼.

진퇴양난(進退兩難)의 상황!

해월왕이 내린 결정은 쉬웠다. 그는 죽음을 각오했다. 두 사람 중 한 명이라도 저승길로 데려갈 작정이었다. 동귀어진을 마음먹은 것이다. 하지만 그것도 쉬운 일은 아니었다.

바로 그 순간, 줄곧 해월왕과 함께하던 구도(九刀)가 유격대를 이끌고 목숨을 건 돌진을 감행해 왔다. 목표는 바로 척호와 엽자건이다. 늑대처럼 무서운 그들로부터 주군인 해월왕을 구하기 위해 최선을 다했다.

절반의 성공이었다.

덕분에 해월왕은 목숨을 구했으나 두 마리의 늑대는 목표를 구도와 유격대로 바꿨다. 둘이 힘을 합해 방해물을 속전속결로 제거하고 다시 해월왕을 합공하기로 마음먹었음이 분명하다. 그래도 충분하단 판단을 내린 것이었다.

해월왕을 무시한 처사였다.

그는 백전을 경험한 노장이었다. 여기서 한차례 망설임을 보인다는 건 자신과 전군의 전멸임을 대번에 알아챘다. 이미 총애하던 십도를 포기했다. 구도라고 아까워할 리 만무했다.

곧바로 이어진 퇴각 명령!

해월왕은 얼마 남지 않은 해월낭인대의 병력을 이끈 채 뒤도 돌아보지 않고 도주했다. 그 뒤 피눈물 나는 퇴각 작전이 이어졌음은 물론이었다.

그 와중에 잃어버린 병력은 전군의 오분지 사. 절대로 뒤돌아보지 않았기에 그만큼이나마 살려올 수 있었다. 뒤에서 곧 왕 유대유가 쫓아온다는 심정의 도주, 그렇지 않고서는 결코 살아남을 수 없다는 판단이 남긴 결과물이었다.

"하아!"

어깨를 단단히 붕대로 감싼 해월왕의 입에서 절로 한숨이 흘러나왔다. 목숨보다 더욱 믿고 아꼈던 수하들의 희생 덕분에 건진 목숨 값이 너무 크다는 생각이 들었다. 무인으로서의 수치감 역시 이미 한계를 넘은 상황이었다.

그러나 십도는 그에게 반드시 권토중래하라 했다. 그 외엔 어떤 것도 요구치 않고 태연하게 죽음의 길로 향했다. 다른 수하들 역시 마찬가지였다.

꾸욱!

해월왕이 주먹을 가만히 쥐어 보였다. 이 역시 악문다. 곤왕 유대유에게 패배해 주산반도로 도주할 때와 다름없는 마음이었다. 전혀 다르지 않았다.

'주산반도에는 아직도 예비군 일만이 남아 있다. 그동안 노략질한 재보와 군량미 역시 넉넉하니 일 년 이내에 나는 다시 중원으로 돌아올 수 있을 것이다. 그때엔 반드시… 응?'

문득 해월왕의 눈매가 가늘어졌다.

불편한 심기를 가다듬던 중 이상 징후를 포착해 냈다. 기이할 만큼 살기가 넘치면서도 은밀한 상반된 기운이 자신의 막사를 향해 곧바로 파고들고 있었다.

상식적으론 이해할 수 없는 상황!

그리고 마치 기다렸다는 듯 동시다발적으로 처참한 비명

성들이 연이어 터져 나왔다. 역시 해월왕의 막사에서 먼 쪽에서부터 시작되어 급격히 가까워지고 있었다.

'자객?'

해월왕이 황당한 기색과 함께 얼른 대태도를 빼들었다. 자신을 노리고 자객이 침투한 게 분명했다. 어째서 이리 요란한 소란을 떨면서 등장했는지는 모르겠지만.

과연 그랬다.

일순 비명이 그쳤다 싶은 찰나였다. 촤악! 소리와 함께 막사의 외벽이 두 쪽으로 갈렸다. 그리고 그 속에서 튀어나온 섬뜩한 도광!

카캉!

해월왕은 두 번 생각할 것도 없이 대태도를 날렸다. 아주 쉬웠다. 이미 순차적인 비명성으로 외벽을 가른 도광이 곧바로 자신을 노릴 것임을 직감하고 있었기 때문이다.

반격 역시 마찬가지다.

일순 대태도의 일격과 함께 신형을 회전시킨 해월왕이 허리춤에서 소태도 역시 빼들었다. 그와 함께 현란하게 일어난 도광의 빛무리!

한순간 얽혀들었던 해월왕과 자객이 빠르게 좌우로 떨어져 나왔다. 기이하게도 두 사람 모두 도를 사용할뿐더러 일격필살 방식을 고수하고 있었다. 그게 빠르게 승부를 결착하게 만들었다.

츄악!

일순 자객의 한쪽 어깨에서 피 분수가 솟구쳐 올랐다. 해월왕의 소태도에 일격을 당한 것이다.

해월왕 또한 무사치는 못했다.

그의 가슴팍에서도 주르륵 핏물이 배어나고 있었다. 반 치가량만 깊었어도 치명상을 입을 만한 상처였다. 어깨에 상처를 당한 터라 평소보다 특기인 쌍환유성(雙幻流星)의 베기가 조금 늦게 발동했다.

'그렇다 해도 이 승부는 내가 이겼다!'

내심 눈을 빛낸 해월왕이 수중의 대태도에 묻어 있는 핏물을 바닥에 가볍게 뿌려냈다. 소태도는 여전히 가슴 부위에 머물러 자객의 갑작스런 반격에 대비하고 있었다.

그때 사방에서 함성이 터져 나왔다. 살기 역시 충천한다. 주군인 해월왕이 암습받은 것을 깨닫고 수하들이 뒤늦게 몰려들기 시작한 것이다.

그래서인가?

자객이 되어 해월왕의 목을 노렸던 천살마도 이염의 인상이 일순 크게 구겨졌다. 오른손에 들린 청룡도에 힘이 들어가지 않는다. 방금 전의 교합에서 당한 부상이 꽤나 심각함을 말해주는 현상이다. 반면에 해월왕의 부상은 경미하다. 심장을 베는 데 실패해 버렸다.

"제기랄!"

결국 한차례 욕설과 함께 이염이 신형을 뒤로 뽑아냈다. 마지막 기력을 모아 청룡도에 깃들인 도강으로 해월왕을 견제한 후 도주에 나설 수밖에 없게 되었다.

카카캉!

해월왕이 이를 그냥 놔둘 리 없다.

그의 대태도와 소태도가 다시 교차를 보였고, 신형 역시 회전을 일으키며 이염을 향해 파고들었다. 자신을 향해 날아든 청룡도의 도강을 또다시 쌍환유성을 이용해 흘려보낸 것과 동시의 일이었다.

쉬악!

또다시 튀어 오른 핏물이 흠뻑 튀어나왔다. 저번보다 양이 더욱 많았다. 해월왕의 얼굴 역시 핏물로 범벅이 되었다.

그러나 단지 그뿐이었다.

어느새 이염은 막사 안에서 자취를 감췄고, 처음 등장할 때처럼 연이어 비명성이 터져 나왔다. 달라진 건 단 하나, 점차 멀어지고 있다는 점뿐이었다.

"중원의 무림 놈들… 여전히 발은 빠르군."

홀로 남겨진 해월왕이 이염을 뒤따라갈 엄두를 내지 못한 채 나직한 뇌까림을 발했다.

그때 문득 떠오르는 사실이 하나 있었다.

자객이 침투했다가 도주에 성공했으니, 곧 적의 대병이 몰려들 것이란 점이었다.

화락!

장막을 걷고 막사 밖으로 빠져나간 해월왕이 아수라장이 된 군영을 살피곤 얼른 목청을 높였다.

"당장 주변을 소각하고 이동에 들어간다!"

"존명!"

주변에 모여 있던 해월낭인대의 낭인들이 복명과 함께 일사불란한 움직임을 보이기 시작했다. 지난 며칠간 계속된 도주의 나날이 남겨놓은 각인이었다.

*   *   *

밤.

주변을 은은하게 밝히고 있는 모닥불 속에서 간간이 타닥거리는 소리만이 들려오고 있었다.

부근에서 제대로 마른 장작거리를 찾기가 힘들었다. 생나무를 잘라다가 적당히 불을 피웠으니, 속 안에 꽉 차 있던 송진이 이리 성화를 부리고 있는 것이었다.

그 앞에 아무렇게나 널브러져 앉아 있던 엽자건과 그가 만들어낸 그림자 속에 숨어 있는 환월이 보인다.

지난 며칠간 벌어진 해월낭인대와의 전투 때와 그다지 변한 게 없어 보이는 두 사람 간의 간격이다. 마음의 거리는 어떤지 모르겠지만.

그때 잔가지를 모닥불에 던져 넣고 있던 엽자건의 배후로 두 명의 사람 그림자가 다가들었다.

사내와는 다른 호리호리한 몸매.

부근에서 천룡영웅대의 야영을 지휘하고 있던 남궁수와 이가흔이 그림자의 정체였다. 야영지가 대충 정리되자 곧바로 엽자건을 찾아온 것이 분명하다.

평상시처럼 담담한 표정인 남궁수와 달리 이가흔의 눈꼬리는 어느새 하늘을 향하고 있었다.

이유?

뻔하다. 지난 며칠간 엽자건의 부근에서 전혀 떨어질 생각을 하지 않고 있는 환월이 그녀의 빈정을 아주 심하게 건들고 있었다.

'저년은 또 뭐야? 어째서 저렇게 찰싹 달라붙어서 떨어질 생각을 하지 않느냔 말야!'

속내로만 그친 게 아니다.

사실 이가흔은 벌써 몇 차례에 걸쳐서 엽자건과 환월을 떨어뜨리려는 수작을 부렸다. 대놓고 빈정거리고, 자신이 대신 환월의 자리를 차지하려 온갖 짓을 다 해댔다.

남궁수만 해도 버거웠다. 이길 자신이 없었다. 그런데 또 다른 강적이 생기는 걸 용납할 리 만무했다. 절대로 안 되는 일이라고 결정 내리고 있었다.

하지만 결과는 연전연패!

남궁수에게 느꼈던 굴욕은 환월에게도 이어졌다.

본래 엽자건은 남의 의견에 귀 기울이는 성격이 아니다. 아주 고집이 세다. 전장에서는 더욱 그러했다. 방수가 된 환월이 꽤나 마음에 든 터에 이가혼의 투덜거림이나 수작에 귀 기울일 리 만무했다.

내심 환월을 노려본 그녀가 콧잔등을 살짝 찡그려 보인 후 얼른 엽자건에게 목소리를 높였다.

"천룡위주님! 야영 준비가 모두 끝났습니다만?"

"……."

남궁수기 묘한 시선을 이가혼에게 던졌다. 항상 엽자건과 반말을 주고받던 그녀. 이렇게 정중하게 예의를 다해 말하는 일은 극히 드물었다.

엽자건 또한 그런 생각을 한 것이리라.

줄곧 모닥불에만 머물러 있던 그의 시선이 슬그머니 이가혼에게 향했다. 입가에는 얼핏 미소가 매달려 있다.

"수고했소. 그런데 야영 준비에 대한 보고는 남궁 조장 한 명이면 족했을 텐데, 괜한 발걸음을 했군."

"오호? 그러니 제가 여기 온 건 잘못된 것이로군요? 천룡위주님!"

"그걸 알았으면 이만 가보도록 하시오."

"카악!"

이가혼이 결국 참지 못하고 양손의 소매를 둥둥 걷어 올렸다. 당장에라도 평상시처럼 엽자건에게 달려들 것 같은 기세다.

하지만 거기까지였다.

그녀가 분노성을 터뜨린 것과 함께 그림같이 서 있던 남궁수가 얼른 한 걸음가량 앞으로 나섰다. 혹여라도 그녀가 엽자건을 향해 돌진할 것을 미리 방지하기 위함이었다.

환월 역시 푸른 눈에 살기를 담았다. 언제라도 이가흔의 하얗게 드러난 목덜미에 수라표를 박아 넣을 준비를 끝마쳤음은 물론이다.

슥!

때맞춰 엽자건이 손을 들어 올렸다. 목소리 역시 낭랑하다.

"나는 지금 조금 피곤한 상태야. 그러니까 오늘은 여기까지만 하도록 합시다."

"그럼 이만 물러나도록 하겠습니다."

남궁수가 슬그머니 청류하의 검병에 닿아 있던 손가락을 거둬들였다. 엽자건이 지난 수일간 치른 엄청난 전투를 누구보다 잘 알고 있는 그녀였다. 피곤함을 호소하는 그를 조금이나마 쉬게 해주고 싶은 마음이 들지 않을 수 없었다.

환월은 그다지 큰 변화를 보이지 않았다. 그저 이가흔에게 집중시켰던 살기를 조금 누그러뜨렸을 뿐이다.

이가흔의 반응은 달랐다.

그녀는 여전히 엽자건의 곁에서 떠날 생각이 없었다. 지난 며칠간 아예 대화조차 나누지 못했다. 피곤하다는 한마디에 뒤로 물러날 생각이 들 리 만무했다.

"남궁 조장, 잘 가!"

엽자건에게 정중하게 군례를 해 보이던 남궁수가 동작을 잠시 멈칫거렸다. 설마 하니 이가흔이 이런 반응을 보이리라 곤 생각지 못했기 때문이다.

이가흔은 여전하다. 얼굴에 완전히 철판을 깔았다.

그때 갑자기 저 멀리 어둠 속에서 후다닥거리며 목진풍이 모습을 드러냈다. 평상시처럼 사매인 이가흔을 몰래 훔쳐보 고 있다가 기회를 잡았다는 판단을 내렸음이 분명하다.

"사매, 형님께서 피곤하시다잖아. 그러니까 나랑 저기 가 서 승전 축하주나 마시자구."

'이 인간이 또 어디 숨어 있다가 튀어나온 거얏!'

이가흔의 눈꼬리가 휘어졌다.

언제나 이런 식이다. 어떻게든 엽자건과 함께 시간을 보내 려고만 하면 목진풍이 튀어나와 방해를 한다. 동문의 사형만 아니었다면 벌써 몰래 죽여서 파묻어도 몇 번은 했을 것 같 다. 진짜로 딱 그런 심정이었다.

움찔!

목진풍이 그 같은 이가흔의 심사를 금세 눈치챘다. 오한과 함께 목덜미가 뻣뻣해지지 않을 수 없다.

그러나 그에겐 회심의 무기가 있었다. 오늘 낮에 대패한 해월낭인대의 고위직의 시체에서 몰래 챙긴 한 동이의 술이었다. 냄새만 맡아도 알 수 있는 진품의 명주.

달칵!

목진풍은 두말없이 허리춤에 차고 있던 호리병 뚜껑을 열어 주변에 이리저리 휘저어 보였다.

사르륵 사방으로 퍼지는 술 내음.

바로 코앞에 잔뜩 화난 기색으로 서 있던 이가흔의 코끝이 저도 모르게 벌름거려진다. 그녀의 술 취향을 누구보다 잘 알고 있는 목진풍이 회심의 무기로 준비한 거니, 효과가 없을 리 만무한 것이다.

"꿀꺽!"

이가흔의 목울대로 침 한 모금이 넘어갔다. 자연스레 그리 되었다.

목진풍이 때를 놓치지 않고 속삭인다.

"사매, 족히 오십 년은 더 된 백주야. 한 모금만 마셔도 목구멍에서 불이 붙는 듯하더군."

"그, 그래서 뭘 어쩌겠다는 거예요?"

"뭘 어쩌긴. 그냥 승전 축하주로 이런 걸 열 동이쯤 준비해 놨다는 거지."

"여, 열 동이?"

"그래, 열. 동.이!"

"……."

힘줘서 개수를 세 보이는 목진풍의 말에 이가혼의 눈매가 크게 흔들렸다. 그도 그럴 것이 그녀는 절강성으로 진군한 후 술을 마셔본 날이 손으로 꼽을 정도였다.

그중에 이만큼 좋은 술을 마신 날은 얼마나 될까?

전혀 없었다. 개방을 대표한다고 할 만큼 진짜 술꾼인 그녀에겐 피투성이 싸움을 계속 해온 것만큼 힘든 나날을 보냈다고 할 수 있었다.

'어쩌지? 어쩌지? 어쩌지?'

이가혼이 폭풍우에 휘말린 난파선마냥 흔들리고 있을 때였다. 그녀의 눈치를 능글맞게 지켜보고 있던 목진풍이 재빨리 호리병을 입가로 가져갔다. 감질날 만큼 아주 천천히.

타탁!

이가혼이 결국 참지 못하고 손을 뻗어 목진풍에게서 호리병을 빼앗아 들었다. 무의식적인 반응이었다.

싱긋.

엽자건이 힐끔 그 모습을 지켜보며 미소 지은 후 벌렁 뒤로 누워버렸다.

"진짜 피곤하군. 승전 축하연을 할 사람들은 얼른 가버리라구."

목진풍이 얼른 목청을 높였다.

"형님, 그러면 편히 쉬십시오. 저는 이만 사매와 함께 가보도록 하겠습니다."

"나는 아직 간다고……."

"사매, 침이나 닦아."

"…쓰읍!"

목진풍의 지적에 이가흔이 어느새 절반이나 마신 백주가
묻은 입술을 얼른 소매로 훔쳤다. 얼핏 얼굴이 붉게 달아오르
지 않을 수 없다. 엽자건이 보는 앞이었기 때문이다.

'망할!'

내심 욕설을 내뱉은 이가흔이 얼른 신형을 돌려세웠다. 아
무리 얼굴에 철판을 깔았다곤 하나 이런 모습까지 보인 터에
계속 엽자건 곁에 머물 순 없다는 판단이었다.

"사매, 같이 가!"

"시끄러워욧!"

좋아라 소리치며 따라붙는 목진풍을 향해 이가흔이 버럭
소리를 질렀다. 그러나 그녀의 손, 여전히 호로병을 꽉 쥐고
있다. 역시 마음에 든 것이리라.

남궁수가 그 모습을 잠시 바라보다 엽자건에게 정중하게
고개를 숙여 보였다. 이젠 진짜로 엽자건을 쉬게 해줘야겠다
는 생각이 든 까닭이다.

그때 엽자건이 몸을 뉘인 상태, 그대로 말했다.

"남궁 조장, 손목은 괜찮소?"

"그게……."

남궁수가 잠시 말끝을 흐렸다. 전날 엽자건이 추궁과혈해 줬던 손목은 여전히 그리 좋은 상태가 아니었다. 계속 검을 휘둘러야만 했기 때문이다.

그래서였을까?

엽자건이 순간적으로 신형을 일으켜 세웠다.

그는 남궁수를 안다. 이런 조그만 머뭇거림만으로도 그녀 의 상세가 생각보다 더 나빠졌음은 능히 짐작할 수 있었다. 그게 그의 마음을 급하게 만들었다.

스윽!

엽자건이 손가락을 가볍게 튕겨서 남궁수의 손목을 건들 었다. 힘의 전달 과정을 알아내기 위해 근육에 자극을 가한 것이다.

결과는 금세 도출되었다.

움찔!

손가락 끝을 통해 전달되어져 오는 근육의 미세한 진동에 엽자건이 미간 사이를 가볍게 좁혀 보였다.

'생각했던 것보다 더 상태가 좋지 않잖아? 이 정도라면 그 동안 고통이 상당히 심했을 텐데……'

굳이 길게 생각하지 않아도 알겠다. 남궁수가 어떤 마음으 로 여태까지 전장을 임했는지를.

그래도 이렇게 그냥 놔둘 순 없었다. 후일 어떤 정도까지 발전할지 모르는 잠재력을 지닌 게 남궁수였다. 이렇게 빨리 한계를 규정짓게 만들 순 없었다.

토톡!

엽자건의 손가락이 다시 남궁수의 손목을 건드렸다. 운율을 타듯 부드러우면서도 빠른 동작이다. 타격력 역시 조금 더 올라갔다.

"우옷!"

남궁수가 결국 참지 못하고 입 밖으로 신음을 냈다. 처음보다 훨씬 극심한 고통이 성난 파도처럼 밀려들었다. 감각을 거의 통제하는 경지까지 이르렀던 그녀의 자제력이 일순 허물어져 버리고 만다.

그때를 놓치지 않고 그녀의 손목을 휘어잡은 엽자건이 잠시 진기의 흐름과 근육의 움직임을 살핀 후 인상을 굳혔다. 그리고 뒤이어 흘러나오는 목소리가 꽤나 엄하다.

"아무래도 안 되겠군. 남궁 조장은 내일 당장 짐을 꾸려서 창룡검가로 떠나도록 하시오."

"그럴 수는……."

"이건 명령이오. 항명은 용납할 수 없소."

"……."

곧바로 반발하려던 남궁수가 입을 굳게 다물었다. 엽자건이 한 말의 의미를 쉽사리 짐작할 수 있었기 때문이다. 그래도 서운함이 없을 순 없다.

'그런 눈으로 바라보지 마! 진짜 미안해지잖아……'

엽자건은 자신을 향해 고정된 남궁수의 맑은 눈동자에 가슴 한켠이 답답해지는 걸 느꼈다. 그녀의 눈빛 속에 담겨진 천언만어(千言萬語)가 그의 마음을 흔들어놨다. 언제나와 같이 한마디 말도 없는 그 침묵 속의 외침이 그리 만들었다.

하지만 엽자건은 곧 냉정하게 마음을 굳혔다.

"다시 말하겠소. 전장에서 부상병은 본래 필요가 없는 법이오. 다시 천룡영웅대에 복귀하고 싶다면 창룡검가에 돌아가 정양과 연무에 힘쓰도록 하시오."

"알… 겠습니다."

남궁수가 힘겹게 대답했다. 마음은 격렬히 거부하고 있었다. 그러나 여태까지 오로지 엽자건의 명령에 복종해 왔다. 이제 와서 반항을 보일 수는 없었다.

멀어져 가는 남궁수의 뒷모습.

왠지 모르게 처연해 보이는 그녀의 하얀 그림자를 물끄러미 배웅하고 있는 엽자건에게 환월이 다가들었다. 전장에서와 달리 스스로의 판단으로 능동적인 움직임을 보인 것이었다.

깜빡!

달빛을 받아 더욱 신비로운 색채가 된 푸른 눈동자가 엽자건을 자신 안에 가득 담았다. 줄곧 남궁수만을 쫓고 있던 엽자건의 시선을 빼앗아가려는 듯.

성공이었다.

문득 엽자건의 시선이 환월의 푸른 눈과 얽혀들었다.

"무슨 일이지?"

환월이 고개를 가볍게 흔들어 보였다. 사실 어째서 그에게 다가들었는지 모른다. 그냥 어쩌다 보니 그림자의 역할을 포기했고, 앞으로 나섰다. 이유 따윈 알 바 없다.

엽자건의 입가에 버릇 같은 미소가 머물렀다.

"너도 꽤나 재미있는 녀석이군. 갑자기 적이었던 내 방수가 되더니, 하는 행동도 아주 웃겨."

"내가 웃긴가요?"

"그래, 웃긴다."

"그럼 웃어요. 주인은 웃는 게 아주 잘 어울리니까."

"그런가?"

"그래요."

열심히 고개까지 끄덕여 보이는 환월의 행동에 입가의 미소를 조금 더 짙게 한 엽자건이 스윽 신형을 일으켜 세웠다.

마음이 갑갑하다.

이럴 때는 몸을 움직이는 게 좋다. 딴마음을 품지 못할 만큼 강한 적과 정신없이 싸우는 거라면 더욱 좋다.

"한판 뜨자!"

"예?"

"지난번처럼 은신한 채로 날 공격하란 말야. 전력을 다

해서."

"위험할지도 몰라요."

"그게 바로 내가 원하는 거야!"

엽자건이 나직한 일갈과 함께 삼절마곤을 결합해 들었다. 어느새 입가에 머물러 있던 미소가 씻은 듯 사라지고 없다. 진심이란 뜻이었다.

'역시 이해하기 어려운 사람……'

환월이 눈매를 가볍게 찡그려 보이곤 천천히 자세를 잡아갔다.

마음속의 주인으로 정한 엽자건이다.

그가 명했으니 따르지 않을 도리가 없다. 적어도 부상국 출신의 인자이자 여인인 환월에겐 그러했다.

스스슥!

환월의 모습이 달빛 속으로 사라졌다.

*   *   *

남궁수의 막사 앞.

언젠가부터 운자조 조장 팽도진이 서성거리고 있었다. 이유는 뻔하다. 천룡영웅대에 속한 후 줄곧 그래 왔듯 하루가 끝나기 전 남궁수의 꽃다운 얼굴을 보고 잠들기 위함이었다.

아니다.

오늘은 조금 상황이 달랐다.

그는 얼마 전 평소처럼 엽자건에게 최종 보고를 하러 향하던 중 가슴이 크게 무너져 내리는 소리를 들었다. 남궁수가 전투 중 손목 부상을 당해서 내일 날이 밝는 대로 창룡검가에 돌아간다는 소식을 입수한 것이었다.

끔찍했던 전투의 나날들!

명문가의 자제이자 오만한 성품의 팽도진이 천룡영웅대를 이탈하지 않고 계속 버틸 수 있었던 이유는 오로지 남궁수였다. 그녀에 대한 연심이 그에게 오기를 심어줬고 선봉을 자처하게 했고, 항상 앞장서서 힘든 임무를 수행하게 만들었다. 어떻게든 자신을 돌아봐 주기를 바라는 순정이었다.

그런데 갑자기 남궁수가 창룡검가로 떠난단다.

마음이 크게 뒤숭숭하고 당황스럽지 않을 수 없었다. 안절부절못하게 되었다. 자칫 창룡검가로 돌아간 그녀를 누군가가 빼앗아 버릴지도 모른다는 생각 때문이었다.

사련(邪戀).

언제나 그렇듯 비극을 잉태한다. 사람의 마음을 크게 어지럽혀 버린다. 문제를 발생시킨다.

'남궁수. 절대로 널 딴 놈한테 빼앗길 순 없다. 그동안은 계속 내가 보는 앞에 있었기에 그냥 참고 있었지만, 이렇게 되면 도리가 없다. 강제로라도 널 내 것으로 만들 것이다!'

강제로? 완력으로?

어림도 없는 소리다. 비록 남궁수가 손목에 부상을 당하긴 했으나 천룡영웅대와 함께하는 동안 오히려 무공은 높아졌다. 애초에 그녀의 상대가 아니었던 팽도진이 넘볼 만한 상황은 절대 아니었다.

팽도진에겐 다른 믿는 구석이 있었다. 그의 소매 속에 몰래 숨겨놓은 한 봉지의 가루약이 바로 그것이었다. 얼마 전 소탕전을 벌이던 중 우연히 손에 넣은 몽혼약을 드디어 사용할 때가 된 것이란 판단.

그래도 마음 한구석에 미련이 남는다.

진심으로 연모하고 있는 남궁수의 마음을 떳떳하게 얻고 싶다는 욕심이었다.

그때 저 멀리서 남궁수가 모습을 드러냈다. 용자조의 야간 점호를 끝마치고 드디어 자신의 처소로 돌아온 것이었다.

다행이랄까?

그녀는 언제나와 마찬가지로 혼자였다.

꿀꺽!

저도 모르게 침을 한 모금 삼킨 팽도진이 얼른 남궁수에게 다가갔다. 평소처럼 그녀를 바라보는 두 눈이 당장 불이라도 붙을 듯 뜨겁게 타오르고 있었다.

"남궁 조장, 정말 내일 떠나시는 것이오?"

"그렇게 되었습니다."

"그런……."

팽도진의 안색이 크게 흐려졌다. 그러나 눈빛만은 여전하다. 아니, 오히려 더욱 뜨거워졌다.

'여전히 부담스런 눈빛이로구나…….'

남궁수가 살짝 기다란 속눈썹을 찡그려 보였다. 팽도진의 뜨거운 눈빛을 경험한 게 하루 이틀이 아니다. 평상시엔 대충 받아넘겼으나 오늘 밤은 심기가 좋지 못했다. 계속 참아 넘기기가 쉽지 않다.

"팽 조장, 밤이 깊었습니다. 내일도 강행군을 해야 할 테니, 그만 쉬도록 하시지요."

"그전에……."

다시 말끝을 흐려 보인 팽도진이 눈에 더욱 힘을 주며 남궁수에게 다가들었다. 핏발이 도드라져 보인다.

"…남궁 조장, 아니, 남궁 소저! 내 그동안 참고 있었던 마음을 그대에게 표시하고 싶소. 그러니 부디 조금만 시간을 내주시오!"

"말씀하세요."

남궁수는 팽도진을 굳이 피하지 않았다. 그는 이미 그녀의 간격 안에 들어서 있었다. 손목을 부상당했다 하나 단 일격에 제압이 가능하다.

꿀걱!

팽도진은 다시 침을 삼켰다. 평생 해본 적이 없던 고백이다. 마음이 크게 떨리고 입술이 마른다. 그래도 이렇게 된 이

자고광란(雌蠱狂亂) 63

상 뒤로 물러설 수는 없다.

"나는… 남궁 소저가 좋소. 연모하고 있소. 처음 본 순간부터 줄곧 그래 왔소. 그러니……."

"죄송합니다."

남궁수는 살짝 고개를 숙여 보였다. 표정의 변화는 없다. 전혀 사랑 고백을 받은 여인답지 않은 모습이다.

울컥!

팽도진의 볼살이 떨렸다. 심중에서 격한 감정이 치솟아올랐다.

"정말 엽자건, 그 녀석한테 마음이 있는 거요? 그 소림사 출신의 근본도 모르는 놈한테……."

"선을 넘지 마세요."

어느새 남궁수는 청류하를 빼들고 있었다.

지난 며칠 줄곧 피를 머금어 요기를 띠게 된 검날이 팽도진의 목울대에 닿은 것이다. 찰나란 말로도 설명이 어려운 짧은 순간 만에 벌어진 일이었다.

팽도진은 가슴 한켠이 서늘해지는 것을 느꼈다.

급격히 끓어올랐던 분노 역시 순식간에 가라앉았다. 그동안 대충 짐작만 하고 있던 남궁수와 자신 간의 무공 격차를 비로소 느끼게 된 까닭이었다.

"어, 어찌 이러시는 것이오?"

"천룡위주님을 함부로 폄하하지 말라는 경고입니다."

"알겠소. 그러니 이 칼을 치우시오."

"두 번의 경고는 없다는 걸 명심하세요."

남궁수가 발검 때와 다름없는 속도로 청류하를 거둬들였다. 팽도진에 대한 징치는 이것으로 충분하단 판단을 한 것이었다. 그리고 그와 동시였다.

스파앗!

잔뜩 풀 죽은 얼굴을 하고 있던 팽도진이 신형을 고속으로 분신시키며 소매를 사방으로 내저었다. 미리 준비하고 있던 소매 속의 몽혼약을 남궁수의 얼굴에 몽땅 뿌린 것이다.

더불어 일으킨 현란한 도광!

그의 특기인 자전십팔도법의 절초 자전분광(紫電分光)이 쏜살같이 남궁수의 전신을 노렸다. 불구대천의 원수를 상대하듯 악랄한 공격이다.

파파파파팟!

그러나 순식간에 십여 개로 분화된 자주 빛 도광은 허무하게 공간을 갈랐을 뿐, 어떤 결과도 얻어내지 못했다. 어느새 남궁수는 한 송이 하얀 꽃잎이 되어 있었다. 사람의 머리만큼 공중으로 부양함으로써 자신을 노렸던 자색 도광을 회피한 것이다.

그럼 몽혼약은?

그 또한 그녀에겐 그다지 큰 영향을 미치지 못했다. 근래 구유한백신공의 대성을 눈앞에 두고 있었다. 이미 극한의 강

기를 능숙하게 부릴 수 있는 단계에 올랐다는 뜻이다. 어찌
몽혼약 따위가 위해를 가할 수 있겠는가.

파라락!

남궁수의 하얀 백의가 바람에 나부꼈다. 팽도진의 귓전을
미묘하게 자극해 왔다.

스팟!

그와 함께 다시 청류하가 살을 에는 듯한 검기를 일으켰다.
속도가 좀 전보다 더욱 빠르다.

차앙!

팽도진의 직도에서 불꽃이 튀었다.

자전분광이 실패한 순간 이런 일을 당할 줄 미리 예측했다.
곧바로 방어 초식을 펼쳐서 청류하의 일격을 아슬아슬하게
피할 수 있었다. 풍부한 전투 경험이 그에게 준 자그마한 선
물이었다.

그것만으로 끝일 리 없다.

팽도진의 직도는 다시 예측했던 방향을 향해 날아들었다.
막 남궁수의 신형이 떨어져 내린 장소였다. 여태까지 중 가장
강력하고 빠른 일격을 맹렬하게 쏟아냈다.

덕분에 다시 얽혀든 청류하와 직도!

그와 함께 종이 한 장가량이나 될까 할 만큼의 간격 속에서
팽도진의 직도를 훑어낸 남궁수의 발끝이 현란한 변화를 만
들어냈다.

난풍회류각!

연달아 오로지 예측만으로 삼 초식을 날린 팽도진의 안색이 흙빛이 되었다. 아랫배와 얼굴에 남궁수의 발이 날아들더니, 순간적으로 그녀의 신형이 다시 머리 위로 떠올랐다. 자신의 직도로 만들어낸 도권(刀圈)을 단숨에 뛰어넘어 온 것이다.

빠박!

결국 화끈한 타격음과 함께 팽도진이 개처럼 바닥을 나뒹굴었다. 여기까지가 그의 한계였다. 더 이상 남궁수의 난풍회류각에 대항할 수 없었다.

그리고 남궁수가 공중에서 한차례 공중제비와 함께 바닥에 여유있게 떨어져 내렸다. 악랄한 암습과 공격을 동시에 당하고서도 평상시와 하등 달라진 게 없어 보인다.

압도적이랄까?

남궁수와 팽도진 간의 무력 차는 분명 그 같은 말로밖엔 표현할 수 없을 듯했다. 누구든 방금 전의 싸움을 본다면 그리 생각할 터였다.

그런데 비참하게 땅바닥을 기고 있는 팽도진을 향해 여유있게 다가들던 남궁수의 이맛살이 찡그려졌다.

두근!

전날 창룡검가에서 한차례 경험한 바 있던 심장의 격통에 남궁수는 크게 당황했다. 엽자건과 재회한 후 종종 징후를 보이긴 했으나 이번처럼 지독스럽게 찾아든 건 처음이었다. 그것도 그가 없는 상황에선 더욱 그러했다.

'이게 도대체⋯⋯.'

남궁수는 심장 부위를 얼른 손으로 감싸안은 채 뒤로 물러섰다. 호흡이 거칠다. 백옥 같던 얼굴 역시 불그스름한 기운을 띠고 있다. 전날 처음으로 음양쌍고에 중독당했을 때와 그다지 다르지 않은 모습이다.

그러자 팽도진이 내심 쾌재를 부르짖으며 재빨리 신형을 일으켜 세웠다.

피투성이가 된 얼굴이나 눈빛만은 여전히 뜨겁게 불타오르고 있었다. 자신이 뿌린 몽혼약이 드디어 약효를 발휘하기 시작했다고 여긴 까닭이었다.

아니다. 그런 일은 있을 수 없다.

남궁수는 몽혼약이 뿌려진 순간 호흡을 멈추고 전신 모공을 모조리 닫았으며, 구유한백신공을 운기해 호신강기를 일으켰다. 이런 효과를 발휘할 만큼의 약기가 몸속에 스며들었을 리 만무했다.

다만 불안 요소가 존재했다.

바로 아주 오랫동안 남궁수의 심장에 자리 잡은 채 때를 기다려 온 자웅독고 중 자고였다. 그동안 구유한백신공에 짓눌려 가사 상태에 빠져 있던 자고가 미세하게 몸속에 침투한 몽혼약으로 인해 잠에서 깨어난 것이다.

휘청! 휘청!

결국 남궁수의 신형이 가볍게 흔들렸다. 다른 때와 달리 아무리 구유한백신공을 운기해도 아무런 효과가 없었다. 아니, 오히려 고통은 갈수록 더욱 심해져만 갔다. 심장이 빠르게 뛰다 못해서 당장 폭발할 것 같았다.

퉤엣!

그런 남궁수를 향해 피가 섞인 가래를 바닥에 내뱉은 팽도진이 천천히 다가들었다.

'이년, 그러게 애초에 날 순순히 받아들이지 어째서 이런 수단까지 사용하게 만든 것이냐!'

절정의 경지를 뛰어넘은 무위를 지닌 그다.

삽시간에 반전된 상황에 잠시 어리둥절했으나 곧 몽혼약에 대한 맹신이 자신감을 고취시켰다. 남궁수가 무력화된 틈을 결코 놓치려 할 리 없다.

"오늘 밤, 내 여자가 되는 거다. 그래서 나와 팽가로 돌아가는 거야."

"……."

팽도진의 열기 어린 중얼거림에 남궁수는 대답하지 않았다. 여전히 심장 부위를 손으로 누른 채 자고로 인해 일어난 고통으로부터 얼른 해방되기를 바랄 뿐이었다.

第六十二章

봉곤승룡(棒棍昇龍)

少林棍王

소림곤왕

곤과 봉이 부딪쳐 용오름이 일어나니, 늙은 거지는 변함이 없으나
소년은 이미 과거의 소년이 아니로구나

'저런 후레잡놈을 봤나!'

이염은 잔뜩 넓어진 코 평수 가득 더운 김을 푹푹 내쉬었
다. 두 눈에서 흘러나오는 살기는 가히 폭발적이다. 본래의
험상궂은 인상과 함께 어우러지니 당장 사람 몇 명쯤 죽어 나
자빠지는 게 마땅할 듯싶다.

그도 그럴 것이 이염은 해월왕을 암살하러 갔다가 상당히
볼썽사나운 꼴이 되었다. 그를 죽이기는커녕 상당한 부상을
당한데다 개같이 쫓겨야만 했다. 엽자건에게 했던 약속을 지
키지 못한 건 둘째치고 기분이 극도로 더러워진 상황이었다.

하물며 그도 사내다.

천하의 미녀인 남궁수에게 평소 남다른 감정을 갖지 않을 수 없었다. 나이와 신분 차가 나니 함부로 어찌할 수는 없으나 줄곧 마음속에 담아두고 있었다. 그도 역시 사내였던 것이다.

그런 상황에서 우연찮게 보게 된 남궁수와 팽도진의 싸움은 맨 처음 꽤나 흥미로웠다. 그냥 여흥거리였다. 초절정의 수준에 오른 그가 보기에 팽도진은 결코 남궁수의 삼초지적이 되지 못했기 때문이다.

과연 그러했다.

예상대로 싸움은 전개되었다. 팽도진이 중간에 비열하게 몽혼약을 사용하고 암습까지 가했으나 전혀 승패에 영향을 끼치지 못했다. 단숨에 작신나게 얻어터진 후 바닥을 개처럼 기는 꼴이 되어버렸다.

이염의 기분이 상한 건 그다음부터였다.

갑자기 남궁수가 가슴을 부여잡더니, 고통스런 신음을 흘리기 시작했고 정신을 못 차리고 있던 팽도진이 몸을 일으켰다. 얼굴이 뭉개진 주제에 눈빛이 상당히 비열해 보인다.

또 다른 독에 의한 암습?

이염은 순간적으로 그런 판단을 내렸다. 자신의 눈조차 속이며 하독을 했으니 그건 팽도진을 칭찬할 만하다. 사지 육신을 찢어놓고 온몸의 뼈를 모조리 바숴놓은 후 충분할 정도로 그리해 줄 심산이었다.

스윽! 슥!

이염이 소매를 걷어 올렸다.

청룡도까지 뺄 필요는 전혀 느끼지 않는다. 단칼에 목을 베고 싶지도 않다. 그런 식으로 쉽게 끝내줘서야 속에 쌓인 분을 풀기 어렵다. 적어도 사흘 밤낮 동안 죽지도 살지도 못하게 만들어놓을 작정이었다.

톡! 톡!

이염의 살기 어린 고리눈이 주욱 찢어졌다. 갑자기 어깨를 두들기는 손길에 목덜미가 선뜻해진다. 기척조차 느끼지 못한 채 이만큼이나 간격을 허용했다는 깨달음 때문이다.

'어떤 자식이……'

내심 해연히 놀란 상태로 이염이 청룡도에 손을 가져갔다. 그다음 전력을 다한 이형환위와 함께 필살의 초식을 펼칠 터였다. 아니다. 구명절초다. 일단 살고 봐야 하지 않겠는가.

하지만 찰나간 그의 뇌리 속에 떠올랐던 것은 어떤 것도 이뤄지지 않았다. 그럴 수가 없었다.

그의 오른편, 어느새 어깨를 나란히 한 상태가 된 엽자건이 한 손으로 턱을 괴고 있었다. 도대체 언제 다가들었는지 짐작조차 못하겠다.

"이 호법님, 지금 나서는 건 남궁 조장을 너무 무시하는 처사인 것 같지 않습니까?"

'이 녀석, 언제 이 정도까지 무공이 는 거지? 천룡영웅대를

꾸려서 사천을 떠날 때까지만 해도 고작 해야 나랑 반수 차이 밖엔 나지 않았거늘.'

정말이다.

진짜로 이염은 여태까지 그리 생각하고 있었다. 초절정의 무위에 오른 자가 무공이 진보한다는 건 대단히 힘든 일이다. 아니, 거의 불가능한 일이라고 봐도 무방하다. 백척간두에 진일보란 말이 괜스레 나온 게 아니었다.

하물며 엽자건이 초절정고수인 이염의 수준이 된 건 그리 오래된 일이 아니었다. 그것조차 괴물 같은 진보라 여겼는데, 벌써 훌쩍 저 먼 곳으로 가버렸으니, 놀랍고 기가 막혀서 잠시 말문이 막힌 것도 무리는 아니었다.

그때 엽자건이 가볍게 자신의 손바닥을 때렸다. 그의 예상대로 일이 흘러가기 시작했기 때문이다.

"우왁!"

붉게 물든 두 눈을 번들거리며 남궁수에게 달려들던 팽도진의 입에서 돼지 멱따는 소리가 터져 나왔다.

고통에 잠식되어 가던 남궁수를 덮치기 직전, 그의 눈앞에서 두 개의 하얀 소수가 번뜩였다. 가뜩이나 피칠갑을 하고 있던 얼굴에 강력한 일격을 가하더니, 곧이어 한쪽 어깨뼈를 바숴 버렸다.

그야말로 눈 한 번 깜빡할 새 벌어진 상황!

비명과 함께 대자로 바닥에 무너져 내린 팽도진을 바라보는 남궁수의 입에서 가벼운 한숨이 흘러나왔다. 어느새 파옥수의 공력이 담겨져 있던 한 쌍의 소수는 힘을 잃고 밑으로 내려뜨려져 있었다.

"고통이 심해… 힘 조절을 제대로 하지 못했구나……."

나직한 뇌까림과 함께 남궁수의 신형이 다시 크게 흔들렸다.

심장이 거진 멎기 직전에 펼친 파옥수였다.

비록 팽도진을 일거에 제압했다곤 하나 그녀가 입은 타격 역시 상상을 초월할 만큼 컸다. 강철 같은 심기를 지녔다곤 하나 계속 버텨낼 수 있을 리 만무했다.

휘청!

결국 남궁수의 가냘픈 몸이 폭풍을 만난 난파선처럼 옆으로 기울어졌다.

눈빛 역시 크게 흐려져 있다. 더 이상 자고에게 잠식된 심장의 고통을 참지 못하고 의식을 잃어버린 게 분명하다.

그때다. 침몰하듯 바닥으로 쓰러져 내리는 남궁수의 가냘픈 몸을 안아 드는 굳건한 손길이 있었다. 어느새 이염의 곁을 떠나온 엽자건이었다.

그는 줄곧 남궁수를 지켜보고 있었다. 이염을 제지하긴 했으나 걱정하지 않은 건 아니었다. 그녀가 한계에 도달한 순간을 결코 놓치지 않았다. 전장을 휘젓고 돌아다니는 동안 항상 그러했듯이.

뭉클!

품 안 가득히 느껴지는 부드러움.

전날 창룡검가의 연무관에서 한차례 경험해 본 바 있는 천상의 느낌이다. 바로 코앞에 위치해 있는 따스하고 달콤한 한 쌍의 화편의 감촉과 함께 말이다.

'이거… 위험하잖아!'

엽자건은 내심 소리쳤다. 전날 남궁수에게 느꼈던 감정이 급격히 되살아나고 있었다. 감요진 때문에 억눌러 왔던 그녀의 간절한 마음 역시 그러하다. 애써 외면하고 있던 마음이 둑이 무너진 듯 마구 파고들었다.

이는 그에게 깃들어 있는 웅고의 농간이 아니다. 세수경으로 통합된 팔종진기는 근래 들어 점차 하나의 강대한 기운으로 융화되고 있었다. 웅고의 농간을 허용할 틈 따윈 결코 내주지 않았다.

사락!

저도 모르게 손을 내밀어 남궁수의 고통으로 일그러진 얼굴을 한차례 쓸어 보인 엽자건이 재빨리 손가락을 튕겼다. 몸속의 진기를 이용해 그녀의 몸속을 투영한 것과 동시의 일이었다.

"빌어먹을 놈, 결국 저리될 것을……."

이엽의 입에서 다시 심통 맞은 투덜거림이 터져 나왔다. 느 닷없이 자신의 곁을 떠난 엽자건이 어느새 쓰러지던 남궁수 를 안아 들고 있었다. 혹시나 했던 노총각의 마음이 와르르 무너지는 순간이었다.

그래도 어쩌겠는가!

여태껏 항상 지켜봐 왔다. 남궁수가 어떻게 엽자건의 주변 을 배회하며 한결같이 지켜보고 있어왔는지를.

내심 쓴 입맛을 다신 이엽이 성큼성큼 팽도진을 향해 걸어 갔다.

방금 전까지 죽도록 패고 패서 아예 세상에 존재하지 못하 게 만들려 했던 놈이다. 그런데 이젠 마음이 조금 바뀌었다. 동병상련이랄까? 지금 와서 보니 조금쯤 가련한 마음까지 든 다.

'그래, 내가 네놈 심정을 충분히 이해하겠다. 그럴 수 있 지. 암, 그렇고말고. 하지만 지금 내가 아주 기분이 거시기하 구나. 그러니 일단 좀 고생해 줘야 쓰것다.'

언제나와 같이 단순 명쾌한 결론이다.

평생 그래 왔듯 이엽은 자신의 마음대로 팽도진을 처리하 기로 했다. 옳고 그름 따위는 관심도 없다. 그냥 마음이 가는 대로 손발을 놀릴 뿐이었다.

퍽!

발끝을 모아 옆구리를 걸어차 팽도진을 깨운 이엽이 그의 앞에 쭈그려 앉았다.

히죽!

미소가 징그럽다. 또한 공포스럽기도 하다.

"나랑 잠깐 대화나 나눠볼까?"

"…무슨 대화를?"

"그야 손과 발이 오고 가는 육체의 대화인 게지."

"……."

팽도진이 입을 굳게 다물었다. 아주 공포스런 상황이 자신의 앞에 기다리고 있음을 직감적으로 깨달은 것이다.

환월은 아미를 찡그렸다.

귓전으로 파고드는 돼지 멱따는 소리 때문이 아니다.

인자가 되기 위해 그녀는 엄청나게 극기를 발휘하는 수련을 해왔다. 지금과 같은 청각상의 고통 같은 것은 일소의 가치조차 느끼지 않는다.

그런데 지금 눈앞에서 벌어지고 있는 상황은 조금 다르다.

시각적인 고문이랄까?

그녀를 뒤로한 채 느닷없이 신형을 날린 엽자건은 어느새 남궁수를 안아 들고 있었다. 표정이 묘하다. 여태까지 자신이나 다른 여인을 대하던 평상시와 완전히 달라져 있었다.

'역시 저 여인이 그에겐 특별한 것인가?'

남자와 여자, 그 사이에 존재하는 특별함이란 이성 간의 관계밖엔 없다. 그중에서도 환월은 아주 진득진득한 육체의 언어를 떠올리고 있었다. 그게 부상국에서는 지극히 당연시되었기 때문이다.

그런데 이상하다.

어째서 마음이 아픈 건지 모르겠다. 눈을 감아버리거나 고개를 돌려 외면하고 싶기도 하다. 엽자건의 그림자로선 결코 해서는 안 되는 일임에도 그런 생각이 들었다.

그리고 가슴속에서 치솟아오른 뜨거운 느낌.

질투다. 살의다. 분노다.

환월은 엽자건의 품에 안겨 있는 게 남궁수가 아니라 자신이길 바랐다. 그렇게 그의 특별한 여인이 되고 싶었다. 반드시 그리될 작정이었다.

하지만 그녀는 지금 그림자였다.

스스로 원해서 엽자건의 방수가 되었다. 마음속에서 일어난 격동에도 불구하고 그림자의 역할을 포기할 순 없었다.

그때 엽자건이 신형을 날렸다.

저번과 똑같다.

그림자인 환월에겐 한마디 설명도 없었다.

'나는 그의 그림자다. 그러니 그의 뒤를 따를 뿐이다. 언제나와 마찬가지로.'

환월 역시 신형을 날렸다. 여전히 귓전으로 돼지 멱따는 소음이 파고들고 있었으나 개의치 않았다. 오로지 엽자건의 뒤를 쫓는 것에만 집중할 따름이었다.

                    *   *   *

"허어!"

철담협개의 입에서 가벼운 찬탄이 터져 나왔다.

전날 사천의 중경을 떠나 수천 리나 되는 거리를 가로질러 절강성에 도착한 지 수삼 일쯤 지났을 때였다.

그사이 해월낭인대를 비롯한 왜구의 침습에 처참 지경에 이른 민생의 모습은 그를 격분시키기에 충분했다. 곤왕 유대유가 어째서 군으로 돌아가 해월낭인대 격멸에 수년간 골몰해 왔는지를 알 수 있을 것 같았다.

그런데 갑자기 상황이 돌변했다.

주변의 산천이 온통 잿더미로 변한 모습은 그대로였다. 바뀐 건 사람들의 얼굴에 매달려 있는 기쁨과 환희의 표정이었다. 젊은 장수 척계광이 이끄는 척가군에 의해 결국 해월낭인대가 격퇴당한 상황과 맞물려진 변화이기도 했다.

철담협개는 궁금했다.

여태까지 곤왕 유대유의 제자란 것밖엔 알려진 바가 없었던 무명의 장수 척계광에 대한 흥미가 동했다. 그가 이토록 훌륭한 자질을 가졌다면 군이 손녀 사윗감으로 점찍어놓은 엽자건을 사지로 보내지 않아도 되겠다는 생각이 든 까닭이었다.

그렇게 척가군의 뒤를 쫓은 지 다시 수삼 일이나 지났을까?

초인적인 경공과 개방 특유의 추종술 덕분에 철담협개는 어렵지 않게 척가군의 뒤를 따라잡는 데 성공했다. 평상시보다 치열했던 해월낭인대와의 전투가 남긴 흔적들이 그의 추격을 조금 더 쉽게 만들어줬다.

그리고 지금 그의 눈앞.

평상시의 기세등등함을 거의 잃어버린 해월낭인대가 패잔병이 되어 쫓겨가고 있었다. 저 멀리 보이는 해안선에 정박되어 있는 왜선들을 향해 꼬리에 불붙은 황소들처럼 마구 내달렸다. 그 뒤에는 척가군이 중심이 된 유군의 대병이 솜씨 좋은 몰이를 하고 있었고 말이다.

강호(江湖)! 무림(武林)!

방파와 세력 간의 대결이 있긴 하나 어디까지나 비무를 가장한 개인과 개인 간의 싸움이 주를 이룬다.

개중 천하무쌍의 고수가 있어 수백 명을 홀로 상대하기도 하나 수만 명이 뒤엉킨 전쟁과는 거리가 멀었다. 견문이 많고 식견이 높은 철담협개라 하나 이 같은 장관을 직접 눈으로 본 건 거의 처음 있는 일이었다.

게다가 그를 매혹시킨 건 유군의 중심인 척가군을 노련하게 이끌며 해월낭인대를 무너뜨리고 있는 장신의 거한이었다. 척계광이라 불리는 젊은 장수였다.

곤왕 유대유의 후계자!

아니다. 이미 척계광은 명장의 반열에 오른 듯했다. 그런 강렬함으로 철담협개에게 각인되었다. 사부 유대유가 자리를 비운 틈에 다시 절강성으로 침입해 온 해월낭인대를 격파한 전과가 이를 확신시켜 줬다.

'하지만 애석하게도 저 척계광이란 청년은 군문에 속한 몸이다. 철저한 장수야, 예상했던 대로. 그리고 제 사부인 곤왕과 마찬가지로……'

철담협개가 내심 고개를 가로저었다.

지금 그의 눈앞에서 대활약을 보이고 있는 척계광은 강호무림인과 완전히 달랐다. 철저하게 병가의 도(道)를 지키며 해월낭인대를 제압하는 데 주력하고 있었다.

당연히 대단한 인재다.

어쩌면 향후 수십 년간 국가의 보위를 위해 반드시 지켜내야만 할 명장의 재목일지도 몰랐다. 어째서 곤왕 유대유가 유군을 맡기고 홀로 산해관을 넘었는지 알 수 있는 대목이기도 했다.

하지만 그렇기에 철담협개는 눈앞의 척계광에게 사부 유대유에 대한 일을 말해줄 수 없다고 여겼다. 만일의 사태가 벌어질 경우, 그라도 유군에 남아 있어줘야만 한다는 판단을 내린 까닭이었다.

'그러니 역시 그 녀석밖에는 없는 것인가? 정말 그 녀석을 사지가 될지 모를 곳으로 보내야만 해?'

이미 마음의 결정은 내려졌다.

지금 남아 있는 망설임은 단지 사심일 뿐이었다. 엽자건을 아끼는 마음.

철담협개는 다시 고개를 가로저었다.

그의 평생을 한마디로 일컫는다면 협기라 할 수 있었다. 개인적인 사심으로 인해 대사를 그르친다는 건 있을 수 없는 일이었다.

"그래도 정말 장관이로구나……."

나직한 한마디와 함께 철담협개가 아쉬운 마음을 뒤로하고 신형을 돌려세웠다.

잠시의 기대를 접었다.

이젠 더 이상 시간을 끌 수 없게 되었다는 뜻이다. 당장 전력을 다해 엽자건이 있는 천룡영웅대로 달려가야만 했다.

스으!

철담협개의 신형이 공중으로 두둥실 떠올랐다. 극한에 이른 취팔선보가 다시 펼쳐진 것이다.

*   *   *

침상에 눕혀져 있는 남궁수.

그녀를 지그시 내려다보는 엽자건의 얼굴은 평상시와 달리 심각했다. 거의 하루가 다 지날 동안 그는 세수경을 일으켜 남궁수의 전신 경락을 순환시켰다. 천하의 어떤 독이라 해도 모조리 배출시켜 버렸을 터였다.

그러나 이게 어찌 된 일인가!

엽자건이 죽도록 내력을 쏟아부었음에도 남궁수의 상세는 조금도 나아지지 않았다. 여전히 그가 보는 앞에서 죽은 듯 잠들어 있었다.

'독기라면 모조리 밖으로 배출해 냈다. 사실 처음부터 이정도 일을 일으킬 만한 양도 되지 않았었어. 그저 평범한 몽혼약에 불과했으니까. 그런데 어째서 아직도 깨어나지 않고 있는 건지 모르겠구나…….'

독.

사부 보종의 병구완을 하던 중 아주 익숙해졌다. 웬만한 전문가나 의원에 못지않은 지식을 지니게 되었다.

게다가 그에겐 세수경이 있었다.

천하의 어떤 내공이나 자연력이라 해도 세수경의 영역에서 벗어날 수 없고, 영향을 받지 않은 것이 없었다. 그의 몸속에 깃들어 있던 정사마의 팔종진기를 하나로 융화할 수 있었던 게 이를 증명한다.

그런데 세수경을 이용해 남궁수의 몸속에 스며든 몽혼약의 기운을 몽땅 체외로 배출시켰는데도 그녀는 여전히 의식을 잃고 있었다. 전혀 깨어날 생각을 하지 않고 있었다. 더 이상 할 수 있는 일이 없는데 말이다.

그가 한 가지 모르는 사실이 있었다.

전날 당소교의 계책으로 인해 남궁수와 나눠 가지게 된 자웅독고의 존재였다. 당시 교합을 나누지 않고 무리하게 잠재워졌던 남궁수의 자고가 깨어나 심맥을 완전히 장악해 버렸음을 꿈에도 생각지 못하고 있었다.

잠시 난감한 표정을 짓고 있던 엽자건이 다시 내공을 일으켰다. 어떻게든 다시 잠들어 있는 남궁수의 전신을 투영해서 병증의 원인을 찾기 위함이었다. 그래서 그녀가 의식을 잃어버린 이유를 알아내려 했다.

흠칫!

막 몸속의 내기를 잔뜩 끌어올리던 엽자건이 어깨를 미세하게 떨어 보였다.

느닷없이 일어난 인당혈의 가벼운 통증.

이는 근래 전장을 휩쓸고 다니는 동안 활용도를 높이게 된 상단전에 기인한 일이었다. 그곳에 집중되어진 기운이 생사가 교차하는 전장에서와 마찬가지로 다시 제멋대로의 움직임을 보인 것이다.

스으!

엽자건이 남궁수에게서 떨어져 나왔다.

어느새 수중에는 패왕검이 역수의 형태로 들려져 있다. 상단전이 갑자기 전달해 준 정보는 그를 매우 긴장시켰다. 전장의 한복판에서 대군을 상대할 때보다 더한 위기감을 느끼게 했고, 그에 준하는 대비책을 강구하게 만들었다.

그때 야전 막사의 얇은 외벽을 뚫고 송곳같이 날카로운 기운이 날아들었다. 목표는 패왕검을 든 엽자건이다. 그의 대응을 마치 예상이라도 한 듯 인당을 향해 일직선으로 기경이 파고들어 왔다.

"큭!"

엽자건의 입에서 가벼운 신음이 흘러나왔다. 어느새 패왕검 역시 곧추세워져 있다. 자신을 노리는 기경을 단숨에 잘라내겠다는 기백이었다.

그런데 바로 그때 다시 변화가 생겨났다. 느닷없이 생뚱 맞게도 익숙한 목소리의 비명을 듣게 된 것이다.

"어이쿠!"

'이 목소리는……'

엽자건의 눈매가 가늘어졌다. 입가에는 어느새 얼핏 미소가 매달려 있다. 갑작스런 비명성과 자신을 긴장케 만들었던 기경을 통해 대충 현 상황을 이해하게 된 까닭이었다.

스스슥!

언제나와 다름없이 엽자건의 그림자 역할에 충실하고 있던 환월의 움직임은 환상 그 자체였다.

환마류 비전 은영술 잔월(殘月)!

그녀의 움직임은 마치 야밤 중 교교하게 세상을 비추고 있던 월광의 파편과 같다. 그런 환상적인 장면을 느닷없이 연출해 냈다.

아니다.

그녀의 움직임은 연출이 아니었다. 지금보다 훨씬 전에 이미 움직임을 보인 끝에 드러난 결과물일 뿐이었다. 그녀가 펼친 잔월은 바로 그러했다.

그것뿐일 리 만무하다.

파라락!

문득 모습을 드러낸 그녀의 주변으로 붉은 나비가 날아올랐다. 놀랍게도 처음부터 귀살인도 비전의 혈호접무를 펼친 것이다.

그만큼 강적을 만났다는 판단!

얼굴 가득 장난 어린 기색을 담고 있던 철담협개의 입에서 대경실색한 목소리가 터져 나왔다. 비명이다. 어느새 자신의 바로 코앞에 모습을 드러낸 환월의 혈호접무에 담긴 살기가 그를 놀라게 만들었다.

아니다. 착각이었다.

곧 철담협개의 입가에 비죽이 웃음이 흘러나왔다. 이를 증명하듯 삽시간에 그의 노구를 휘어감았던 붉은 나비 떼의 공격 역시 곧 허무함만을 남긴 채 자취를 감춰 버렸다. 마치 신기루라도 만난 것같이 그리되었다.

더불어 사방을 휘몰아친 광풍!

붉은 나비 속에 자신의 몸을 숨겨놨던 환월의 작은 몸이 맹렬히 바닥을 나뒹굴었다. 철담협개의 좌수에서 일어난 강룡장의 맹위를 정면에서 견뎌낼 수 없었던 까닭이다.

물론 그것만으로 끝났을 리 없다.

고양이처럼 바닥을 구르는 것으로 강룡장을 회피한 환월이 곧 땅거죽 속으로 모습을 감췄다. 지둔술을 펼쳐서 다시 철담협개를 공략하기 위함이었다.

그러나 철담협개가 어디 보통 인물인가?

그는 대고수 이전에 경험이 풍부하고 노회한 인물이었다. 인자와 대동소이한 살수와의 대전 경험이 없을 리 만무했다.

"헐!"

철담협개가 나직한 웃음과 함께 허리춤에서 타구봉을 꺼내 들더니, 가볍게 땅거죽을 향해 내려쳤다.

봉타쌍견!

두 마리 개의 엉덩이를 때린다. 이번에는 땅거죽 속으로 숨어들어 간 환월이 목표였다.

콰드드드드득!

타구봉에서 일어난 맹렬한 기운에 땅거죽이 요란한 굉음을 내며 폭발했다. 아예 흙바닥을 완전히 뒤집어놓을 요량인 듯한 공격이었다.

더불어 일어난 뽀얀 흙먼지!

소매를 휘저어 자신을 향해 날아드는 흙먼지를 털어내던 철담협개가 고개를 슬쩍 옆으로 기울였다. 그 사이로 몇 개나 되는 수라표가 스쳐 지나갔다. 그의 봉타쌍견이 뒤집어놓은 땅거죽 속에서 환월이 펼친 최후의 공격이었다.

빙그르르!

그 순간 철담협개의 손에 들린 타구봉이 한차례 회전을 보였다. 이미 푸른 봉영은 여지없이 수라표를 날려보낸 환월을 노리고 있었다. 단숨에 그녀의 두개골을 부숴놓을 것 같은 움직임이었다.

그러지 못했다.

아니, 그럴 수가 없었다는 게 더 옳겠다.

어느새 막사를 벗어난 엽자건이 철담협개의 앞으로 달려들었다.

손에는 어느새 삼절마곤이 들려져 있다.

천사일로 무정세와 일체가 되어 철담협개의 타구봉을 강하게 제지하고 나섰다.

빠바박!

타구봉과 삼절마곤이 일순 얽혀들었다. 도검의 충돌과는 다르다. 완전히 쇳소리가 일지 않았다. 그러나 두 사람의 주변에서 방출된 진기의 양은 엄청났다. 일시 용오름에 버금갈 만큼 대기를 진동시켰다.

'헛! 이 어린 녀석이 감히 내 타구봉을 받아내?'

'소림사에서와는 다를 겁니다!'

철담협개가 내심 크게 놀라 눈을 부릅뜬 순간, 엽자건이 이를 드러내 보이며 웃었다. 여유가 있다는 뜻이다. 천하의 개왕 철담협개의 타구봉을 맞받아친 상황에서도.

그런데 그뿐만이 아니었다.

휘청!

일순 삼절마곤과 함께 신형을 한차례 비틀어 보인 엽자건이 그사이를 노려 다시 혈호접무를 펼치려던 환월을 제지했다. 목소리에 평상시와 다른 위엄이 넘친다.

"적이 아니라 내 손님이다!"

"…뒤로 물러나 있겠습니다."

"그래."

엽자건의 응락과 함께 환월이 혈호접무를 접고 한 마리 붉은 나비가 되어 자취를 감춰 버렸다. 다시 그림자의 역할로 돌아간 것이다.

그 순간 빠른 동작으로 철담협개로부터 떨어져 나온 엽자건이 미간을 살짝 찡그려 보였다. 뒤이어 흘러나오는 말투도 그다지 좋진 않다.

"그사이 제 수하들을 몽땅 회유하신 겁니까?"

"그러게 군의 지휘권을 오랫동안 비우라던가?"

"뭐, 그건 제 잘못이라 치도록 하지요."

"푸헐! 대답 한번 시원시원해서 좋구나. 그래, 창룡검가의 장중보옥이 의식불명 상태에 빠졌다고?"

"그런 것까지 아셨습니까?"

"입 싼 제자가 이 늙은 거지한테는 아주 많거든."

'진풍……'

엽자건의 뇌리로 촐랑거리는 의제의 얼굴이 두둥실 떠올랐다. 이염은 필경 껄끄러운 관계인 부친을 피해 숨었을 것이고, 손녀인 이가흔 역시 그 점은 마찬가지다. 이런 식으로 미주알고주알 천룡영웅대의 사정을 일러바칠 만한 사람은 목진풍 외엔 달리 없었다.

철담협개가 미미하게 고개를 끄덕여 보였다.

"그 망나니 같은 해월왕을 보기 좋게 물리쳤더구나! 아주 대단한 일을 했어!"

"유군의 공이 컸습니다. 후배와 천룡영웅대는 그저 한 팔을 거들었을 뿐입니다."

"척계광이라고 했던가? 젊은 나이에 대단한 명장이더구나. 패퇴하는 해월낭인대를 몰아쳐 가는 모습이 가히 장관이었어."

"거기까지 다녀오신 겁니까?"

"겸사겸사 그리했지. 곤왕의 제자 놈 얼굴도 한번 볼까 해서 말야."

"그래서 어땠습니까?"

"곤왕이 어째서 유군을 맡기고 중원을 떠날 수 있었는지 알 수 있겠더군. 후일 사부만큼 천하에 명성을 드높일 명장이 될 게야."

"무인으로선 어찌 보셨습니까?"

"그야……."

철담협개가 어색한 미소와 함께 말끝을 흐렸다. 엽자건의 질문 속에 호승심이 깃들어 있음을 눈치챈 까닭이다.

으쓱!

엽자건이 어깨를 추어 보였다. 철담협개의 반응만으로 그가 뭘 생각하는지 대충 짐작했다. 굳이 대답을 들을 것도 없다는 생각이 들었음은 물론이다.

"그런데 설마 해월낭인대의 패퇴 모습을 훔쳐보기 위해 절강성까지 달려오신 건 아닐 테지요?"

"사실 빌어먹을 후레자식인 해월왕의 구겨진 면상을 보고 싶기도 했었다."

"보셨습니까?"

"못 봤다."

"그럼 본론으로 들어가시죠. 왜 오신 겁니까?"

"무림맹의 모용 문상이 한 부탁 때문에 왔다."

"역시 그런 겁니까?"

"애초부터 알고 있었다는 얼굴이구나?"

"뻔하지 않습니까? 그런데 정말 고소 모용씨는 대단하군요. 천하의 철담협개 선배님마저 움직이게 만든 걸 보면 말입니다."

"흥!"

철담협개가 냉담한 기색으로 코웃음쳤다. 고소 모용씨에 대한 감정이 그리 좋지 않은 듯했다.

엽자건이 슬쩍 표정을 바꿨다.

"철담협개 선배님, 대법대불왕의 행적에 대해선 알아낸 게 있으신지요?"

"있다. 하지만 지금 중요한 건 대법대불왕이 아니니라. 곤왕이 자금성에 유폐되었으니 말이다."

"그런 말도 안 되는……."

"말이 안 되는 게 맞다. 천하에 어떤 간 큰 자가 있어서 곤왕을 붙잡을 수 있겠느냐? 하지만 그 말도 안 되는 일이 벌어졌다. 그래서 이 늙은 거지가 불원천리 사천에서 이곳 절강성까지 달려온 것이고 말이다."

"……."

엽자건이 입을 다문 채 눈살을 찌푸려 보였다. 문득 아주 불길한 기분이 스멀거리며 떠오른 까닭이다.

*   *   *

척호는 직속이라 할 수 있는 척가군만을 이끈 채 돌아왔다.

석년, 사부 곤왕 유대유의 부재를 눈치챈 해월낭인대의 이차 침공이 있은 지 일 년이 훌쩍 넘어서의 일이었다.

결과는 대승이었다.

해월왕 야규 세이쥬로는 거의 일만이 넘는 수하를 잃어버린 채 다시 주산반도로 도주했다. 유대유에게 당했던 것보다 더욱 심한 대굴욕이라 아니 할 수 없겠다.

그렇다 해도 아직 주산반도와 광동성 방면에 해월낭인대를 비롯한 왜구의 잔존 세력이 상당수 남아 있었다. 대승을 거뒀다 해서 해안선의 경계를 늦출 수는 없었다. 본명보다 귀신 장군 척계광이란 이름으로 더욱 유명해진 척호가 단출하게 돌아온 이유이기도 했다.

사령 막사 안.

척호의 맞은편에는 엽자건이 팔짱을 낀 채 앉아 있었다. 표정이 가히 좋지 못하다. 방금 전 결국 해월왕의 수급을 베지 못했다는 소식을 척호에게 전해 들은 까닭이다.

"제기랄, 곰 같은 네 녀석을 믿고 있는 게 아니었는데……."

"해안선 저편에 수백 척이나 되는 왜선이 대기하고 있었다. 개중에는 화포까지 지니고 있는 것들도 있었는데 어떻게 해월왕을 죽일 수 있었겠나?"

"네놈의 실력이라면 충분했을 것 같은데?"

"너무 날 높게 보진 말아라. 해월왕 야규 세이쥬로는 사부
님과 일합을 겨루고도 목숨을 건진 강호다. 아군의 피해를 최
소화시켜야만 하는 상황에서 그를 죽이기 위해 적진 깊숙이
까지 침투한다는 건 병법상 해선 안 되는 일이었다."

"경애하는 사부님의 공을 빼앗을 순 없다는 충성심의 발로
는 아니었고?"

"자건, 너!"

척호의 두 눈이 일순 벼락같은 광채를 뿜어냈다. 전신을 휘
감고 있는 강철 같은 근육 역시 불끈 일어섰다. 산맥 같은 근
육이 당장 폭발이라도 할 것 같은 움직임을 보인 것이다.

엽자건은 개의치 않았다.

외관상 다소 말라 보이긴 하나 그의 몸은 용골이라 할 수
있을 만큼 잘 단련되어 있었다. 척호의 보기만 해도 질릴 듯
한 몸에 쫄 이유는 전혀 없었다.

"지금 당장 한판 붙어보고 싶은 거냐? 나는 환영이다. 사실
소림사의 오호란에 가장 근접해 있다는 형초장검의 곤법을
한번 견식해 보고 싶기도 하니 말야."

엽자건이 호쾌한 말과 함께 대뜸 일어섰다. 진짜로 척호와
한차례 드잡이를 벌일 기세다.

척호는 넘어가지 않았다.

언제 화를 냈냐는 듯 곧 기세를 누그러뜨린 그가 입가에 가
벼운 한숨을 매달았다.

"후우, 그만 하자. 자건, 너랑 싸우고 싶진 않다."

"한 번도 네게 이겨본 적이 없었던 상대랑 싸우자니 쪽팔리는 거냐?"

"네 싸움은 줄곧 지켜봐 왔다. 나는 네 상대가 아니다."

"꼬리를 말겠다는 거냐?"

"꼬리를 마는 게 아니라 사실을 말하는 거다. 내가 사부님께 배운 공부의 대부분은 병법과 군을 움직이는 방법이었다. 무공도 배웠지만 내 자질이 떨어져서 일 푼조차 얻질 못했다."

"재미없는 자식······."

엽자건이 나직한 투덜거림과 함께 도로 자리에 주저앉았다. 척호가 어떠한 도발에도 결코 곤왕 유대유가 전수한 형초장검의 곤법을 사용치 않으리란 걸 눈치챈 까닭이다. 더불어 한 가지 깨달음이 그의 뇌리 속을 스쳐 간다.

'이 자식, 제 사부가 자금성에 유폐된 사실을 안다면 만사를 제쳐 놓고 군을 이끌고 달려가겠구나. 하지만 아직 왜구의 토벌이 끝나지 않은 상황에서 이 자식이 없으면 큰일이 날 테지? 그걸 알기에 곤왕 선배도 순순히 산해관에서 붙잡혀 간 걸 테고 말야. 그러니 역시 나밖엔 없는 건가?'

엄밀히 말해 곤왕 유대유는 엽자건의 사조뻘이었다. 사부 보종과 사숙조 종경에게 곤법을 전수한 당사자였기 때문이다. 하지만 그는 또한 반드시 극복해야만 할 대상이기도 했다. 소림사가 잃어버린 오호란을 다시 되살려서 진정한 곤법의 태산북두가 되기 위해서는.

그래서일까?

엽자건은 의식적으로 유대유를 단순한 무림의 '선배'로 격하시키고 있었다. 사부 보종의 염원 때문만은 아니다. 그 역시 어느새 유대유를 최후의 극복 대상으로 상정하기 시작한 까닭이었다.

잠시의 침묵 끝에 엽자건이 어깨를 으쓱해 보였다.

"뭐, 그럼 앞으로도 계속 수고하고 있어라. 나는 이만 이곳을 떠날 테니까."

"자건, 떠나려는 거냐?"

"천룡영웅대는 남길 거다. 그래야 무림맹과 정파의 돈 많고 세력있는 문파와 세가에서 계속 유군을 지원할 테니까."

"······."

척호가 입을 다물었다. 엽자건이 한 말의 의미를 그가 모를 리 없다. 세심한 배려에 가슴 한켠이 따뜻해져 왔다. 근래 들어 보급의 부족함을 항상 느끼던 참이라 무엇보다 반가운 말이란 생각이 들었다.

그때 다시 자리에서 일어선 엽자건이 문득 생각났다는 듯 한마디 첨언했다.

"그런데 양 소저하고 국수는 언제 먹여줄 거냐? 오늘 밤 동방화촉을 밝힐 의향이 있다면 내 잠깐 기다려 줄 의향은 있는

데 말야."

"자건!"

다시 척호의 전신 근육이 부풀어 올랐다. 얼굴은 화톳불처
럼 시뻘겋게 변해 버렸고.

第六十三章

독존본색(毒尊本色)

少林
棍王
소림곤왕

독존이 본색을 드러내나 고소 모용씨를 경동케 할 수는 없으니,
폭풍이 사그라들 듯 쓸쓸하게 퇴장할 뿐이네

주산군도.

해월왕 야규 세이쥬로는 어깨와 허벅지에 박힌 화살촉을
빼는 수술을 받으며 두 눈을 부릅떴다.

근래 개발된 화살인 건가?

평범한 화살촉과 달리 세모꼴의 촉 가장자리가 갈고리 형
태였다. 살 속에 파고든 화살촉을 빼내기 위해선 칼로 주변
살을 길게 째내는 수술을 받는 게 필수였다.

그러나 지독스런 고통에도 불구하고 해월왕의 입에선 신
음 하나 흘러나오지 않았다. 단지 흉하게 일그러진 얼굴에 몇
차례 잔주름을 만들어냈을 뿐이었다.

그렇게 화살촉을 제거하는 수술이 완전히 끝났을 때였다.

이마에 맺힌 땀을 닦아주던 기모노 복장 여인의 손목을 낚아챈 해월왕의 눈빛이 짐승 같은 기운을 뿌렸다. 그것도 상처를 입은 맹수의 그것이다.

"어디 출신이지?"

"과, 광동성……."

"더러운 한족 계집에게 고소데[小袖]가 어울릴 리가 없지 않은가!"

"아악!"

해월왕의 손이 야수처럼 움직이자 여인이 비명을 터뜨리며 바닥에 나뒹굴었다. 이미 그녀가 걸치고 있던 옷의 절반가량이 찢겨서 반라 상태가 되고 말았다.

그런 그녀를 향해 해월왕이 살기에 가까운 기운을 뿌리며 천천히 다가들었다. 색욕이 끓어올라야 할 상황인데 눈빛이 더할 나위 없이 차갑다.

한마디 변명도 하지 못할 대패!

그것도 평생의 숙적으로 여겼던 곤왕 유대유가 없는 상황에서 당한 패배였다. 드높은 자존심으로 인해 현 막부에 고개를 숙이지 않고 해적이 된 해월왕으로선 참기 힘든 굴욕이었다. 평상시 결코 하지 않던 폭압적인 기분에 휩싸인 것은 바로 그 때문이었다.

"으흐흑……."

여인은 바닥에 널브러진 채 폭행을 당하며 흐느껴 울었다. 애초부터 반항할 엄두조차 내지 못했다. 그저 느닷없이 해적에게 납치를 당해 나락으로 떨어진 자신의 처지를 서럽게 여길 뿐이었다.

그런데 이게 어찌 된 일인가!

막 여인을 향해 자신의 색욕을 채우려던 해월왕이 급하게 그녀의 나신으로부터 떨어져 나왔다.

여전히 차갑게 가라앉아 있는 눈빛.

변한 것이 있다면 이곳이 자신의 본거지임에도 다소 긴장한 얼굴이란 점이다.

그때 긴장한 해월왕의 앞에 한 명의 회의노인이 모습을 드러냈다.

백발백염, 피부는 팽팽하니 주름 하나 보이지 않고 뽀얗다.

게다가 인상이 무척 선해 보이는 독특한 회의노인의 정체는 얼마 전까지 북경에 머물러 있던 천기마야였다. 그가 놀랍게도 수천 리나 되는 공간을 뛰어넘어 주산반도에 모습을 드러낸 것이다.

"당신은……."

자신도 모르게 입술을 뗀 해월왕의 눈가에 미세한 파문이 스쳐 갔다. 천기마야의 손에 아무렇게나 들려져 있는 수급 몇 개가 그를 그리 만들었다.

천기마야가 입가에 담담한 미소를 만들어냈다.

"이거 말인가? 이곳에 온 직후에 시간이 조금 남기에 수확한 물건일세. 하나만 더 수확한 후 부상국에 보낼 작정이지."

"이에야스 공이 보낸 것이오?"

"허허, 그자가 걸물은 걸물이야. 솜씨 좋게 뒤로 물러서 있다가 일거에 부상국을 제압하더니, 놀랍게도 노부와 협상을 벌이고 싶어 하지 않았겠는가?"

"말도 안 되는 소리! 이에야스 공이 중원의 필부에게 어찌 협상 따윌 벌이려 하셨을까!"

"그도 그렇군. 죽어서 관에 들어간 자가 노부와 협상을 벌일 수 있을 리 만무할 테니까."

"뭐라……."

대경해 소리치려던 해월왕의 전신이 일순 크게 경직되었다. 문득 그의 눈앞으로 크게 확대된 천기마야의 손가락 끝에서 일어난 번갯불 같은 지강에 전신 혈도가 제압되어 버린 까닭이다.

그것만으로 끝일 리 없다.

천기마야의 식지가 번개가 무색할 빠르기로 해월왕의 입 속을 휘저었다. 그의 어금니 부근에 숨겨져 있던 독단을 끄집어내기 위함이었다.

"쯧쯧, 부상국 무인들은 어째 항상 똑같누? 명예에 죽고 명예에 산다는 자들이 고작 해야 살수들 같은 짓거리를 서슴지 않고 해대곤 하니……."

"......"

해월왕은 경악에 찬 표정으로 천기마야를 바라봤다. 세상에 자신을 이렇게 일초반식 만에 제압할 수 있는 자가 있으리라곤 상상조차 해본 적이 없었기 때문이다.

천기마야는 개의치 않았다.

그는 식지로 걷어낸 독단을 삼매진화로 태워 버리곤 품속에서 일 촌 반가량의 금침을 꺼내 들었다. 슬슬 그가 바다 건너 주산군도까지 온 목적을 달성하기 위함이었다.

"살짝 뜨끔할 걸세. 뭐, 이후부터는 아무런 생각도 들지 않을 테지만 말일세."

"......"

해월왕의 두 눈에 두려움이 깃들었다. 눈앞의 천기마야가 자신에게 극히 사이로운 대법을 펼치려 함을 눈치챘기 때문이다. 하지만 그가 할 수 있는 일이라곤 아무것도 없었다. 그냥 금침이 자신의 뇌호혈로 파고드는 걸 지켜볼 뿐이었다.

뜨끔!

천기마야는 거짓말을 하지 않았다. 과연 해월왕은 벌에 쏘인 듯한 통승과 함께 의식을 잃었다. 부상국 제일의 고수라 알려진 초절정고수의 말로치고는 지나치게 허무하다.

"중원의 황제가 지나치게 머리를 굴려. 하지만 이제 곤왕을 죽이고 황궁 비고를 내게 열어줄 수밖에 없을 테지. 아니면 진짜 무서운 꼴을 당하게 될 터이니 말야."

누구에게 하는 말이 아니다. 그냥 혼잣말이었다. 어느 누
구도 들어선 안 되는.

이를 증명하려 함이었을까?

퍼억!

일순 천기마야의 발치에서 잘 익은 수박이 깨지는 소리가
터져 나왔다. 그때까지도 바닥에 나신으로 엎드려 있던 여인
의 머리가 그의 발에서 일어난 기경에 박살 난 까닭이었다.

그리고 그날.

주산반도에 집결해 있던 해월낭인대의 지휘부가 통째로
피바다에 잠겼다. 해월왕 본인은 실종되고 그의 일족과 유성
검문의 제자들 모두가 참살당한 것이다. 변변한 저항조차 해
보지 못한 채였다.

*   *   *

팔랑!

막사를 벗어난 철담협개의 안색은 가히 좋지 못했다. 들어
가기 전 엽자건 앞에서 자신만만한 기색을 한껏 지어 보였던
것과는 완전 딴판이다.

모닥불 한켠에 널브러져 앉아 있던 엽자건이 내심 씁쓸한
기색이 되었다.

대충 예상했던 결과다.

역근경과 세수경을 완성한 엽자건 자신도 당최 원인을 모르겠던 남궁수의 병증이다. 비록 철담협개가 천하의 대고수라 하나 단숨에 고칠 수 있으리란 보장은 없는 게 당연했다.

그래도 일말의 기대감은 있었다.

천하를 이 잡듯 돌아다녀 안 가본 곳이 없다는 철담협개의 관록을 믿었기 때문이다. 병증을 고칠 수는 없어도 짐작 정도는 할 수 있고, 치료 방법 역시 알아낼 수도 있다는 판단이었다. 지난 며칠간 그 덕분에 남궁수가 몇 차례나 정신을 회복한 일이 있었던 것도 기대감을 고취시키는 데 일조했다.

'그런데 저런 똥 씹은 표정이시라니! 역시 사천 무림맹으로 데려가서 당가의 도움을 받아야만 하는 것인가……'

사천당가.

엽자건하곤 그다지 큰 인연이 없다. 아니, 오히려 중요 위치에 있는 사람들 중 크게 사이가 틀어진 자들이 적지 않았다. 당소교 사건을 감안하지 않더라도 그러했다.

철담협개 역시 엽자건의 그 같은 표정을 대번에 눈치챘다.

호언장담했던 만큼 기분이 좋을 리 없었다.

그 역시 자신의 능력 밖인 남궁수의 기이한 증세를 살핀 후 곧 사천당가와 독존 당무양을 떠올렸다. 자존심이 상하고 당황스러워서 잠시 할 말을 잊어버린 건 바로 그 때문이었다.

그런데 갑자기 그의 뇌리로 한 가지 생각이 스쳐 지나갔다. 무림에 거의 알려지지 않은 신의(神醫)의 존재를 뒤늦게 떠올린 것이었다.

'으흠, 그러고 보니 귀곡신의(鬼谷神醫) 채옹이라면 충분하겠구나. 마침 황궁 어의 노릇을 한 지도 제법 오래되었고 말야.'

귀곡신의 채옹은 무림과는 관계없는 의가(醫家)의 인물로서 의술에 평생을 바친 명의였다. 철담협개는 젊은 시절 천하를 종횡무진하던 중 그와 친분을 맺게 되었는데, 천의를 거역한 듯한 놀라운 의술에 내심 크게 탄복한 바 있었다.

잠시의 침묵 끝에 철담협개가 엽자건에게 슬쩍 심술궂은 표정을 지어 보였다.

"이 늙은 거지를 의심하고 있었던 것일 테지?"

"후배가 그럴 리가 있겠습니까?"

"정말?"

"조금만 그랬습니다."

엽자건이 결국 이실직고하자 철담협개가 피식 입가에 미소를 매달았다.

사부 보종을 닮았달까?

여우 같던 녀석의 이런 솔직함은 그다지 밉지가 않다. 내심 손녀 사윗감으로 점찍었던 건 이런 모습 때문일지도 모르겠다.

"다행히 사천까지는 갈 필요가 없을 것 같구나."

"다른 명의가 있는 겁니까?"

"애초부터 이 늙은 거지 따위 믿지 않았던 게로구나?"

"후배가 그럴 리가 있겠습니까?"

"됐다! 북경 자금성에 황궁 어의로 있는 채웅이란 미친 의원이 있느니라. 어떤 일이 있어도 황궁에 들어가서 황제내경(黃帝內經)의 원본을 보겠다고 자금성에 들어간 지 십수 년이 지났는데, 아직 내 부고를 듣지 못했구나."

"그럼 역시 후배는 자금성으로 가야 하는 것이군요."

"그럼 곤왕을 그냥 내버려 둘 작정이었던 게냐?"

"그분이 후배의 도움 따위가 필요한 분은 아니시잖습니까?"

"물론 그렇지. 그래서 이 늙은 거지도 당장 자금성으로 달려가지 않은 것이고."

"개방이 황실이나 관부와 문제가 발생하는 게 싫었던 건 아니시고요?"

'요런 여우 같은 놈!'

철담협개가 엽자건을 얄밉다는 듯 노려봤다. 독존 당무양과 자신을 비롯한 무림맹 인사들의 생각을 거리낌없이 대놓고 말하는 행태가 밉살맞았다.

그러나 그는 역시 천하의 의협이었다. 곧 눈빛을 평소대로 풀고서 입가에 가벼운 한숨을 매달았다. 스스로에게 정직해지기로 마음먹은 것이다.

"어디 개방뿐이겠느냐? 소림사를 비롯한 천하 구파일방과 팔대세가 모두 이번 일에는 쉽사리 나설 수가 없는 것이니라."

"황제의 명이 그리 중요한 것입니까? 본래 관과 무림은 강물이 우물물을 범하지 않듯 서로 관여하지 않는다고 들었는데요."

"푸헐, 말 같지 않은 소리! 행여나 다른 곳에 가서 그런 말을 지껄일 생각은 하지 말거라. 어떤 무림 세력이 황제의 백만 대군에 맞서 싸울 수 있겠느냐? 변방에서 꾸준히 난이 일어나지 않았다면 황실과 관부는 가장 먼저 중원을 주름잡는 대방파들의 무력을 몽땅 빼앗거나 없앴을 것이다."

"그럼 더욱 이상하지 않습니까? 어째서 그런 사실을 아시는 분들이 황실과 군부의 일에 끼어들려는 겁니까?"

"무고한 백성을 위해서가 아니겠느냐? 너는 절강성으로 향하는 동안 힘없는 민초들이 난세로 인해 받고 있는 고통을 보지 않았더냐? 그 힘없는 백성들이 고통받지 않게 하기 위해서 가장 먼저 곤왕이 나섰고, 이 늙은 거지를 비롯한 몇몇 무림 인사들이 내심 지지하게 된 것이니라."

"알겠습니다."

"엉?"

갑작스런 엽자건의 수긍에 철담협개가 오히려 놀란 기색이 되었다.

그가 보기에 엽자건은 그다지 비분강개한 표정이 아니었

다. 오히려 차갑고 비판적이었다. 조사뻘인 곤왕 유대유를 구출하는데도 관심이 별로 없었고, 황실과 관부의 일에 관여하는 것 역시 마땅찮아 했다.

그래서 온갖 감언이설로 회유해도 쉽사리 넘어가 주지 않을 듯하여 내심 크게 걱정이 되었다. 자칫 철담협개 자신이 직접 자금성으로 달려가게 생긴 까닭이었다.

'그런데 어째서 인석이 이리 쉽사리 고개를 끄덕이는 것이냐? 여우 같은 녀석이 이렇게 나오니까 오히려 불안하잖아!'

그때 내심의 이 같은 떨떠름함이 얼굴에 그대로 드러난 철담협개를 한차례 흘깃 바라본 엽자건이 결론짓듯 말했다. 불안이 현실로 나타났다.

"그리고 물론 철담협개 선배님께서도 이번 일에 동참해 주실 거라 후배는 굳게 믿고 있습니다."

"뭐라!"

"후배에겐 아주 많은 정보가 필요합니다. 한 번도 가보지 않은 북경에서 철담협개 선배님의 도움없이 어찌 곤왕 선배님을 구출해 낼 수 있겠습니까? 게다가 선배님도 후배하고 남궁 소저를 둘이서만 보내고 싶진 않으실 텐데요?"

"그건 안 될 말이지!"

철담협개가 버럭 소리를 지르자 엽자건의 한쪽 입꼬리가 슬쩍 치켜올라 갔다. 대어가 낚싯바늘에 걸려들었다는 판단이었다. 그리고 과연 그랬다.

'아차차!'

철담협개가 뒤늦게 후회했으나 어쩔 수 없었다. 돌이킬 수 없었다. 이미 엽자건이 저만치 떨어진 곳에 숨어 있던 이가흔을 향해 손짓해 보이고 있었기 때문이다.

"이 부조장, 그러니 안심하고 천룡영웅대에 계속 있으라구! 나는 철담협개 선배님과 함께 잠시 북경에 다녀올 테니까 말야!"

"누가 안심한다는 거얏!"

이가흔이 숨어 있던 곳에서 불쑥 튀어나오더니 도끼눈을 한 채 엽자건을 노려봤다. 철담협개가 부근에 없었다면 평소처럼 죽자고 달려들고 싶어 하는 모습이었다.

물론 그녀로부터 얼마 떨어지지 않은 곳에는 언제나와 마찬가지로 목진풍이 쭈뼛거리며 서 있었다. 이가흔만 해도 골치 아픈데 사부 철담협개까지 모습을 드러내자 안색이 흙빛이었다. 며칠 사이 얼굴 살이 쪼옥 빠져 버렸다.

'쯔쯧, 진풍. 저렇게 대가 약해서야, 어디 드세디드센 이 소저를 감당할 수 있으려나!'

엽자건이 내심 혀를 찬 후 철담협개에게 고개를 숙여 보였다. 그와의 동행을 완전히 확정 짓는 한마디 역시 빼먹지 않는다. 미리 생각해 놨던 게 분명하다.

"그럼 후배는 천룡영웅대 조장들에게 마지막 명령을 내리러 이만 가겠습니다. 철담협개 선배님께서는 협기가 드높은

분이시니 절대 신의를 어기진 않으실 거라 믿어 의심치 않고
있겠습니다."

"크헉!"

철담협개의 입에서 가시가 걸린 듯한 침음성이 터져 나왔다.

완전히 딱 걸렸다.

진짜 빼도 박도 못하게 되어버린 것이다.

열흘 후.

천룡영웅대의 지휘를 언제나와 마찬가지로 유백온에게 떠
맡긴 엽자건은 홀로 관도를 걷고 있었다. 얼마 전까지 수백
명이 넘는 후기지수들을 이끌고 다니던 것과는 비교조차 할
수 없을 만큼 단출한 모습이었다.

처음부터 그랬던 건 아니다.

닷새 전까지 엽자건은 철담협개, 남궁수 등과 함께 동행하고
있었다. 그렇게 함께 북경까지 쭉 떠날 작정을 하고 있었다.

문제가 발생했다.

줄곧 정신을 잃었다가 깨어나기를 반복하던 남궁수를 면
밀히 살펴보던 철담협개가 중요한 사실을 눈치챈 것이다. 남
궁수가 엽자건과 함께 있게만 되면 정신을 잃어버린다는 걸
말이다.

이는 자웅독고가 원인이었다.

엽자건의 몸속에 깃들어 있는 웅고가 강력한 세수경에 짓

눌러 옴짝달싹 못하는 것과 달리 남궁수의 자고는 완전히 달랐다. 팽도진이 뿌린 몽혼약으로 인해 잠에서 깨어났을뿐더러 대성을 앞둔 구유한백신공의 빈틈을 파고들었다. 심마(心魔)의 형태로 발전해 버린 것이다.

물론 이 같은 사실을 엽자건이나 철담협개가 알 리 만무하다. 그냥 그들은 남궁수가 엽자건과 함께할 때 정신을 잃어버린다는 병증에만 주목할 뿐이었다.

결국 엽자건은 철담협개 등과 헤어졌다. 그들과 헤어져 각자 북경으로 향하기로 했다. 그게 남궁수의 병증에 도움이 되리란 판단이었다.

터벅! 터벅!

묵묵히 걸음을 옮기며 엽자건은 문득 하늘을 올려다봤다.

소주를 떠나 몇 년이 흘렀을까?

생각해 보면 그동안 이번처럼 홀로 여행을 나선 건 처음이었다. 전장을 헤맬 땐 사부 보종이 함께했고, 소림사를 떠나서는 감요진이나 남궁수 등의 후기지수가 곁에 있었다.

'그러고 보면 서소문에서 깨끗고 놀던 시절을 제외하곤 이런 날은 처음이로구나. 곤산장에 입문했을 때부터 내 주변에는 항상 사람이 북적거려 왔어. 아주 성가시게 말야⋯⋯.'

뒷말은 허세다.

여우가 자신이 따먹을 수 없는 포도를 보고 시어서 먹지 못할 것이라 하는 것이나 다름없다. 예인치고 사람들의 관심을 싫어 하는 자는 없다. 부근에 항상 득시글거려야만 신명이 나서 날뛰는 게 바로 배우란 족속들이기 때문이다.

문득 하늘을 향하고 있던 엽자건의 눈에 이채가 어렸다. 갑자기 뒤통수가 뜨끈해져 왔다.

살기?

그런 것보다는 조금 더 원초적이다. 진득거리는 게 마치 여인네가 시앗을 보고 질투심에 복받쳐 하는 것 같다.

흔들.

엽자건의 신형이 일순 두 개로 나뉘었다.

부동무상이다.

더불어 그는 서 있던 자리를 중심으로 작은 원을 그렸다. 축이 되는 다리에 힘을 준 채로 신형을 팽이처럼 돌려서 단숨에 위치를 바꿔 버린 것이다.

쉬악!

때를 같이해 섬뜩한 도광이 대기를 갈랐다. 날이 잘 서 있다. 단지 주변을 지나쳐 갔는데도 불구하고 몸에 닭살이 일만큼 예리하다.

"언제부터 살수로 전업하신 겁니까?"

"지금부터다!"

엽자건은 자신의 질문에 무뚝뚝하고 짤막한 단답을 보낸 이염의 청룡도를 힐끔 바라봤다.

도광?

착각이었다.

이염의 청룡도에 실려 있는 건 시퍼런 도강이었다. 살짝 스치기만 해도 피부가 쩍쩍 갈라지고 핏줄기가 하늘을 향해 터져 나올 것만 같다. 평소의 비무와 달리 광룡난천풍의 도기에 노골적인 살기가 깃들어 있다.

"갑자기 왜 그러십니까? 혈전을 같이한 전우끼리 너무하시는 거 아닙니까?"

"너무해? 그럼 네 녀석은 그런 전우의 뒤통수를 어째서 확 내갈긴 게냐!"

"그건 또 무슨 소리십니까?"

엽자건은 계속 이염의 청룡도를 피하며 의문 어린 표정을 지어 보였다. 이염이 이렇게 난리를 벌이고 있는 게 이해되지 않아서였다.

그러자 이염의 표정이 살짝 변했다. 엽자건이 평소처럼 자신 앞에서 눙치고 있는 게 아니란 확신이 들었기 때문이다. 그동안 엽자건의 성정 정도는 파악하고 있었다.

슥!

칼을 날릴 때와 다름없다.

순식간에 청룡도를 거둬들이고 뒤로 몇 걸음 물러선 이염이 불퉁한 표정을 한 채 말했다.

"네가 이 방주님한테 내가 있는 곳을 알린 게 아니냐?"

"제가 왜요?"

"아니라고?"

"두 분 사이가 좋지 않으시다면서요? 그래서 얼굴을 안 본 지 제법 되셨다 하셨고요. 그런 사실을 알고 있는 제가 어째서 부자지간의 일에 끼어들겠습니까? 저, 그렇게 오지랖이 넓은 편은 아닙니다."

"그렇단 말이지?"

"당연하죠."

엽자건의 태연한 대답에 이염의 인상이 험악하게 변했다. 자신이 헛다리를 짚었음을 눈치챈 것이다.

'이런! 자칫 진풍이 곡소리 나게 생겼구나! 그냥 매타작 정도 당하는 거면 상관없겠지만, 이 호법님의 지금 기세는 아주 무서운걸?'

이염의 별호는 천살마도다.

비록 마도에 속하진 않았으나 정사 중간의 고수 중 잔혹하기로 첫손 꼽히는 인물이었다. 만약 목진풍이 미묘한 애증이 수십 년간 쌓여 있는 부자지간의 사정에 끼어들었다면 그냥 쉽사리 넘어갈 만한 일이 아니었다. 자칫 천룡영웅대에서 산송장 하나를 치우게 될지도 몰랐다.

"이렇게 하시죠."

"뭘?"

"천룡영웅대로 돌아가시는 대신 저랑 북경에 가는 겁니다."

"내가 왜?"

"해월왕을 놓치셨잖습니까? 곤왕 선배라도 한 번 만나서 비무라도 해보셔야 하지 않겠습니까?"

"곤왕과 비무를 해보라고?"

"이번에 제 일이 실패하면 곤왕 선배와 다시는 비무할 기회를 잡지 못하실 겁니다. 그래도 좋으시겠습니까?"

"……"

이염이 입을 굳게 다물었다. 직선적인 성품상 마음이 크게 동했음을 알 수 있는 모습이다.

곤왕 유대유와의 비무!

천하의 어떤 무인이 바라지 않겠는가. 특히 그가 황궁에 추포된 현 상황에선 더욱 희소성이 높아져 있다고 할 수 있겠다. 자칫 황제가 그의 목을 자르기라도 하면 천하제일 무인과의 비무는 평생 물 건너가게 되어버리기 때문이다.

"…이 방주님은?"

"헤어진 지 벌써 닷새째입니다. 아마 북경까지는 만날 일이 없을 겁니다."

"알겠다. 그런데… 항주에는 들르지 않을 예정이냐?"

"항주요?"

"그전에 한 약속이 있었잖아. 그 왜……"

"아!"

엽자건이 가볍게 탄성을 터뜨린 후 입가에 의미심장한 미소를 매달았다. 이염이 비로소 평소대로 돌아왔음을 눈치챈 까닭이었다.

"항주 좋지요. 하지만 역시 천하제일이라 손꼽힐 만한 곳은 북경이지 않겠습니까?"

"처, 천하제일?"

"여러 의미로 그렇지 않겠습니까? 그러니 기대하셔도 좋습니다."

"꿀꺽!"

이염의 목울대로 침이 시원스레 넘어갔다. 이미 부친 철담협개와 만날 걱정 따위는 머릿속에서 완전히 날아간 게 분명해 보인다.

그때 엽자건의 시선이 슬며시 한쪽 방면을 향했다.

'근래 더욱 노련해졌군. 일부러 아슬아슬하게 이 호법님의 청룡도를 피했는데도 끝내 자신을 드러내지 않다니 말야. 그렇게 날 따라오고 싶었다는 뜻일 테지?'

북경으로 떠나기 전 엽자건은 환월에게 천룡영웅대에 남을 것을 명령했다. 혹시 해월낭인대나 다른 왜구를 상대할 때 인자 출신인 그녀의 존재가 매우 큰 도움이 될 거라 여겼기 때문이다.

그러나 환월은 줄곧 엽자건의 뒤를 따르고 있었다.

그에게 들킬 것을 염려해 아주 멀찌감치 떨어져서 여전히 그림자 역할을 맡고 있었다. 귀살인도의 인자로서가 아니다. 한 사내한테 반한 여인으로 이번 역시 스스로 행로를 결정한 것이었다.

까닥!

엽자건이 고개를 한차례 젖혀 보였다.

이제 와서 환월을 쫓아보낸다는 건 힘든 일이다. 그냥 모른 척하는 편이 낫다고 여겼다.

*   *   *

중경.

신무림맹 내 봉황전(鳳凰殿).

언젠가부터 문상전이나 군사전이란 말로도 불리게 된 단 층의 간소한 건물의 유일한 특징은 처마 끝에 조각되어진 봉황 문양이다. 봉황전이란 본래의 이름이 어디에서 유래되었 는지 대충 짐작이 되는 특징이기도 하다.

그곳을 거처로 삼은 이는 다름 아닌 현재의 문상 모용초연 이었다. 무림맹 내에서도 가장 고적하고 사람의 발길이 뜸한 이곳이 갑자기 북적이게 된 단순한 이유이다.

살랑! 살랑!

모용초연의 손에는 언제나와 마찬가지로 부들부채가 들려 져 있었다. 사천의 습기 많고 더운 날씨를 감안한다 해도 꽤 나 눈에 띄는 모습이다.

그녀의 앞에는 십수살 당준이 자리하고 있었다. 새벽부터 요청에 의해 봉황전을 찾은 그의 표정은 가히 좋지 못했다.

명색이 천하에 이름 높은 십삼성 중 일좌다.

얼떨결에 신무림맹의 호위대 격인 철혈협영대(鐵血俠英隊)의 대주 직을 맡게 되었으나 눈앞의 손아래 여인에게 고개를 숙이고 싶진 않았다. 더군다나 근래 자신과 정혼 얘기가 오고 가는 것 역시 크게 마땅찮았다.

'쳇! 내 비록 가문의 무공 수련에 집중하느라 혼기를 크게 놓치긴 했으나 명색이 사내다. 절색의 미녀까진 바라지 않겠지만 애교가 많은 여자가 좋단 말이다!'

어떤 사내가 애교 많은 여인을 마다하랴!

당준은 진심으로 근래 옆구리가 시리다고 느끼곤 했다. 특히 전날 사천 무림대회에서 꽃다운 한 무리의 여협들을 본 후엔 더욱 그 같은 마음이 절실해졌다.

겉으론 호방한 선배의 태도를 견지했으나 내심 어여쁜 여협들에게 둘러싸인 엽자건이나 유백온이 무척 부러웠다. 아니, 그건 사치다. 그들은커녕 여협들과 허물없이 대화하는 목진풍조차 부럽다고 느낄 정도였다.

그래서 근래 혼담이 들어왔단 소리에 내심 기뻤다. 이제야 비로소 집안 어른들이 자신을 챙겨주는구나, 하는 마음에 밤잠까지 몇 날이나 설쳤었다.

아주 짧은 행복이었다.

당준은 곧 청천벽력 같은 소리를 듣게 되었다. 자신과 혼담이 오고 가는 상대가 고소 모용세가의 여식으로, 무림맹에 기거하는 여인이란 소식을 전해 들은 까닭이었다. 그리고 현재 그런 조건에 완전히 부합되는 이는 오로지 눈앞에서 부들부채를 흔들고 있는 문상 모용초연뿐이었다.

내심 한숨을 내쉬고 있는 당준에게 모용초연이 평상시와 다름없는 무심한 표정으로 입을 열었다.

"당 대주, 오늘부터 철혈협영대의 훈련량을 두 배로 늘리셔야겠습니다."

"두 배나 말이오?"

"예, 절강성으로 떠난 천룡영웅대의 복귀가 생각보다 늦어질 것 같다는 보고를 접했습니다. 신무림맹의 방위를 책임진 철혈협영대의 임무가 더욱 막중해지지 않겠습니까?"

"그렇기는 하오만 갑자기 훈련량을 두 배나 늘린다면 대원들 중 낙오자가 발생할 것이오."

"그래 봤자 사천을 떠나기 전 천룡영웅대가 했던 훈련량의 절반밖엔 안 됩니다. 아! 죄송합니다. 아무래도 천하의 기재들이 중심이 된 천룡영웅대와 철혈협영대를 함께 비교할 수는 없는 일이겠지요."

'여전히 재미없는 얼굴을 한 주제에 잘도 내 속을 긁는군! 나하고 사이에 혼담이 오고 간다는 걸 모르지 않으면서 말야!'

당준은 주먹에 힘이 들어가는 걸 느꼈다.

예의 바르게 속을 긁는달까?

익히 엽자건조차 치를 떤 바가 있던 모용초연이니 당준이라고 해서 무사할 리 없다.

내심 어금니를 살짝 깨문 당준이 입가에 미소를 만들어냈다.

"오늘부터 당장 훈련량을 네 배로 올리도록 하겠소. 내가 이끄는 철혈협영대가 천룡영웅대보다 약한 훈련을 받게 해선 안 될 일일 테니까 말이오."

"그러실 필요는 없습니다. 그러다 말하신 대로 낙오자나 이탈자가 나와선 곤란하지 않겠습니까?"

"그런 심약한 자들은 철혈협영대에 필요없소! 나중에 속을 썩이게 하는 것보단 지금 그만두게 하는 편이 나을 것이오!"

"그렇군요. 그럼 당 대주 좋을 대로 하세요. 세세한 훈련 계획까지 제가 관여하는 건 향후 여러모로 보기 좋은 일은 아닐 테니까요."

"향후? 여러모로?"

"당 대주와 제가 혼례를 올린 후의 일을 말하는 겁니다."

"커헉!"

당준이 사레들린 기침을 토해냈다. 모용초연이 이렇게 단도직입적으로 혼례를 입에 올릴 줄은 상상조차 못했기 때문이다.

모용초연은 태연했다.

여전히 부들부채로 바람을 일으키며 말을 이었다.

"당가와 모용가는 향후 정파무림을 이끌어갈 양대 기둥이 될 겁니다. 대가문의 혼례란 본시 정략적인 것이니 저는 당대주를 지아비로 모시는 것에 아무런 불만이 없습니다."

'그, 그런 얼굴로 그런 말을 내뱉지 말라구! 제기랄, 서글프고 무섭다구!'

당준이 손으로 입가를 막은 채 눈꼬리를 바르르 떨었다. 눈앞의 모용초연이 요괴처럼 보였다. 이런 식으로 평생의 반려자를 맞게 되다니, 악몽을 꾸는 기분이다.

그사이 모용초연은 입가에 미소조차 보이지 않고서 다시 문상으로 돌아갔다.

"그럼 훈련 문제는 그렇게 하도록 하고, 비상시 무림맹 전체의 방어 체계에 대해서 의논하도록 하지요. 저번에 올린 방어 체계에 허점이 조금 발견되어 제가 약간 수정을 했습니다."

"……."

여전히 충격에서 벗어나지 못하고 있는 당준에게 모용초연이 대여섯 장이나 되는 두루마리를 건넸다. 무림맹 내부의 지형도와 방어 진세, 기관 등의 세밀화였다.

'어느새 이렇게나…….'

당준이 두루마리를 살피곤 내심 눈을 빛냈다.

그가 무림맹 방어 체계에 대한 계획서를 보낸 건 고작 해야 닷새 전이었다. 그사이 보완 계획을 세우고 이렇게 세밀하게 그림까지 그렸다는 건 실로 놀라운 일이었다. 결코 쉬운 일이 아닌 것이다.

그때 봉황전 밖에서 작은 소란이 일었다.

당준에게 세세히 설명을 덧붙이려던 모용초연의 눈매가 가늘어졌다. 아주 오랜만에 밖으로 드러낸 감정이다.

"당 대주, 잠시 실례해야겠군요."

"본인 외에 다른 손님이 오기로 했던 것이오?"

"그렇진 않아요. 하지만 당 대협이 마땅히 양보를 해야 할 분이신 것 같군요."

"마땅히 양보……."

당준은 말을 계속 잇지 못했다. 어느새 집무실의 문이 열리며 조부 당무양이 모습을 드러냈기 때문이다.

벌컥!

급하게 열렸던 문이 급하게 닫혔다. 더불어 노한 기색이 얼굴에 완연한 당무양이 모용초연을 향해 벽력같이 소리를 질러댔다.

"감히 내 행사를 방해하다니!"

미리 자리에서 일어나 있던 모용초연이 정중하게 고개를 숙여 보였다.

"과연 맹수님이십니다. 명일이나 되어야 오실 줄 알았는데……."

"명일이나 되어야 올 줄 알았다?"

"예, 문상부에 속한 모사들이 올린 계획서를 검토한 결과 그런 결론을 내리고 있었습니다."

"그럼 변명을 해보도록 하시게!"

"하지 않겠습니다."

"뭐라!"

당무양의 목소리는 처음보다 그리 높지 않았다. 그러나 눈빛이 달라졌다. 섬뜩한 기운이 담겨 있어 보는 이를 오싹하게 만든다.

독존본색(毒尊本色)이랄까?

새롭게 성립된 무림맹 맹주가 아니라 천하를 두려움에 떨게 만들었던 오패군의 우두머리로 돌아간 당무양의 눈빛은 무서웠다. 당장 상징적인 정파 수장 노릇을 때려치우고 눈앞에 있는 모용초연을 한 줌의 독물로 녹여 버릴 듯한 기세다.

모용초연은 태연했다.

여전히 표정의 한 점 변함 없이 그녀가 말했다.

"수일 전 창룡 남궁세가 쪽에 기별이 갔습니다. 곧 승천검군 남궁황 선배가 첫 번째 십존의 자리에 오르기 위해 무림맹으로 오실 테니 조금만 기다려 주십시오."

"나, 남궁 검귀가 십존이 되기 위해 무림맹으로 온다고?"

"그렇습니다. 본래 무림맹에는 장로원을 대신해 십존이 존재해야만 합니다. 그래야 무림맹주의 전횡을 방비하고 유사시 맹주 대행 임무를 맡을 수 있지 않겠습니까? 철담협개 이 방주님께 먼저 청했습니다만, 임시로 무림맹의 정보 업무를 맡겠다고 하셨습니다. 그러니 근래 금분세수를 하셔서 한가

하신 남궁황 선배께 부탁을 드리는 게 옳지 않겠습니까?"

"으드득!"

당무양이 저도 모르게 이를 갈았다.

그가 오패군의 우두머리라면 남궁황은 삼검호의 수장이었다. 각자 정파를 대표하는 위치의 절대고수이자 같은 팔대세가 내에서 맹렬히 세력을 다투는 사이이기도 했다. 그가 유사시 무림맹주 대행을 맡을 수 있는 십존이 되려 온다는 사실이 결코 반가울 리 만무했다.

그래도 당무양은 노회한 인물이었다.

곧 뒤틀린 심사를 안정시킨 그가 여전히 눈에 날카로운 기운을 담은 채 말했다.

"그럼 애초부터 자네는 노부가 몰래 북경으로 향할 것임을 짐작하고 있었겠구만?"

"물론입니다. 맹주님과 곤왕 유대유 대협이 생사를 초월한 막역지우(莫逆之友)임을 어찌 간과할 수 있었겠습니까? 수일 내에 어떤 식으로든 무림맹의 정사를 내팽개치고 북경으로 떠나시리란 걸 짐작하고 있었습니다."

"그래서 중경의 곳곳에 무림맹의 정예 무사들을 잔뜩 포진해 놓았던 것이고?"

"청해에 이어서 운남 일대가 근래 포달랍궁과 북혈단의 손에 넘어갔습니다. 아직 대리 점창파가 건재합니다만 풍전등화의 상황이라 할 수 있을 것입니다. 어찌 신무림맹의 상징이라 할 수 있는 맹주님의 부재를 허(許)할 수 있겠습니까? 맹주님께는 죄송합니다만 남궁황 선배가 오기 전까진 반드시 중경에 남아주시길 청하옵니다."

"……."

모용초연의 사리에 합당한 청원에 당무양이 안색을 딱딱하게 굳혔다. 그녀의 말 중 틀린 것이 전혀 없었다. 봉황전을 뒤집어 버리겠다던 애초의 마음이 크게 수그러들지 않을 수 없었다.

게다가 곁에는 당준이 초조한 표정을 감추지 못한 채 서성거리고 있었다. 무림맹주이자 당가 최고의 어른으로서 체통을 챙기지 않을 수 없었다.

'못난 놈! 벌써부터 꽉 잡힌 꼴이 가관이로구나!'

완전한 착각이었다.

당준은 내심 당무양과 모용초연이 더욱 크게 싸우길 바랐다. 그러다가 혼약이라도 깨지게 된다면 얼마나 다행스런 일이겠는가.

그런 일은 벌어지지 않았다.

입가에 차가운 코웃음을 매단 당무양이 처음 등장할 때의 폭풍 같은 기세를 누그러뜨린 채 봉황전을 떠나간 까닭이었다. 마치 아무런 일도 없었던 것처럼 순식간에.

'이런!'

당준이 내심 안타까운 탄성을 터뜨렸을 때였다.

여전히 손에 들려 있는 부들부채로 얼굴을 몇 차례 부채질 한 모용초연이 표정 하나 변함없이 말했다.

"다행히 시간을 많이 지체하지 않았네요. 그럼 다시 수정 된 무림맹 전체의 방어 체계 계획에 대해 논하도록 하시죠. 적당히 식사도 함께하시고요."

"그, 그럴까요?"

"예."

어느새 말을 높이게 된 미래의 신랑 당준을 향해 모용초연 이 당연하다는 듯 고개를 끄덕여 보였다.

주(註)

기모노:세계적으로는 기모노[着物], 일본 복식사에서는 고소데[小袖]로 알려진 옷이다. 고소데는 원래 호[袍]·우치기와 같은 오소데[大袖:소맷부리가 넓은 옛날의 예복] 밑에 입는 통소매[筒袖]의 속옷을 가리키는 말이었는데, 나중에 속옷인 고소데를 겉옷으로 입으면서 겉옷을 가리키는 말이 되었고, 다시 비단에 솜을 두어 만든 솜 나가기[長着:길이가 긴 일본의 대표적인 옷]와 겹 나가기 전부를 가리키게 되었다. 그러나 고소데는 히로소데[廣袖:소맷부리의 아래쪽을 꿰매지 않은 소매]를 제외한 소맷부리가 좁은 옷만을 가리키며, 현재의 일본 옷은 모두 고소데로 되어 있다.

第六十四章

암중귀도(暗中鬼刀)

少林
棍王
소림곤왕

연평왕부.

현 황제인 가정제가 황제로 즉위한 후 줄곧 영화로운 세월
을 보내왔던 이곳은 지금 도산검림으로 화해 있었다.

구천세야(九千歲爺)!

뒷말로 떠도는 연평왕에 대한 세간의 평이었다. 만세야(萬
歲爺)라 불리는 황세보다 한 단계 낮은 칭호다. 그만큼의 권
력과 지위를 동시에 가지고 있다는 뜻이기도 했다.

그런 연평왕이 납치를 당한 게 벌써 한 달하고 보름이 지나
가고 있었다. 북경과 연평왕부 전체가 발칵 뒤집힌 건 당연한
일이었다. 만약 그가 시체로 발견이라도 된다면 북경 일대에

거대한 피바람이 불어닥칠 게 뻔했다.

　내원.

　왕부 내에서도 지체가 높은 여인들과 왕실 직계 외엔 출입
이 통제되어 있는 장소다. 환관만이 드나들 수 있는 자금성의
교룡전과는 비교할 수 없겠으나 철저한 금남의 지대임은 분
명했다. 그렇게 세간에 알려져 있었다.

　그런데 이게 어찌 된 일인가!

　내원 중에서도 후궁들이 머물기에 가장 깊숙한 곳에 위치
한 도화원에서 지금 꽤나 남세스런 일이 벌어지고 있었다. 아
직 해가 중천에 떠 있는 대낮임에도 한 쌍의 남녀가 벌거숭이
가 된 채 뒤엉켜서 방사를 치르고 있는 것이다.

　"흐아아아악!"

　"조용!"

　절정감에 도취되어 입을 크게 벌린 여인의 도톰한 입술을
가로막는 부드러운 손길이 있었다.

　어느새 그녀의 귓불을 간질이고 있던 혀와 이 역시 나지막
한 경고성을 내고 있다. 자신이 행한 일의 결과물이 그리 만
족스럽지 않은 듯하다.

　여인 역시 흠칫 놀란 표정이 되었다.

　발그스름하니 달아오른 얼굴을 굳히고 재빨리 불안한 기
색으로 주변을 살펴본다. 혹여 자신들의 부끄러운 행위를 누

가 훔쳐보기라도 할까 걱정이 된 모양새다.

그때 여인의 귓불을 한차례 잘근 하고 씹은 사내가 천천히 그녀에게서 떨어져 나왔다.

이미 방사가 끝났다.

여인의 신음으로 홍취 역시 깨진 지 오래였다.

더 이상 그녀와 알몸을 포개고 있을 이유가 없었다. 그런 표정이 삼단같이 긴 머리로 얼굴을 절반 이상 가린 사내의 눈빛에는 그대로 담겨져 있었다.

잠깐뿐이었다.

곧 사내가 얼굴을 가린 머리를 가느다란 손가락으로 쓸어 뒤로 넘겼다.

그러자 드러난 준수한 얼굴.

사내라기엔 너무하다 싶을 만큼 붉은 입술에 갸름한 얼굴이다. 게다가 피부가 하얗고 콧대 역시 오뚝하니, 탄탄한 근육질 몸을 배제한다면 절색의 여인이라 해도 무방해 보인다.

절색의 사내가 천천히 옷을 걸치며 여인을 안심시켰다.

"너무 걱정할 것 없습니다. 이곳에 들르기 전 시비와 침모는 멀리 심부름을 보냈으니, 돌아오려면 아직 일다경은 족히 기다려야 할 것입니다."

"휴우, 그렇겠지?"

"물론입니다. 제가 어찌 실수로라도 문제될 일을 만들겠습니까? 특히 이러한 때에 말입니다."

"이러한 때는 무슨! 오히려 나는 근래 너와 자주 함께할 수 있게 되어 아주 좋구나."

"그래도 아직 과부가 되셔선 곤란하지 않겠습니까?"

"그런가?"

여인이 입가에 가벼운 한숨을 매달았다.

그녀는 눈앞의 눈부시도록 아름다운 사내가 언제나와 마찬가지로 곧 자신을 떠나갈 것임을 알고 있었다. 마음속 깊숙한 곳에서 아쉬움이 샘 솟아오르지 않을 수 없었다.

잠시 후.

연평왕부에서 화복 차림을 한 여인이 빠져나왔다.

여인치고는 장신이나 미모가 눈부시다.

화복으로 감싼 몸매 역시 늘씬하고 탄력이 넘친다. 어떤 사내라도 한 번 본다면 쉽사리 시선을 떼어내지 못할 게 분명하다. 그만큼 대단한 미녀였다.

'쯧쯧, 소문은 믿을 게 못 된다더니, 연평왕의 여인을 보는 안목도 한심한 수준이로구나. 지난 한 달간 도화원에 있는 계집 대부분과 몸을 섞었지만 상상(上上)은커녕 상하(上下) 등급조차 보지 못했지 않은가?'

화복 차림의 미녀는 방금 전까지 도화원에서 연평왕의 후궁과 살을 섞은 사내였다. 얼굴이 워낙 곱상하고 몸매가 좋으니, 화복을 걸치고 머리를 틀어 올리자 한 명의 절세가인이나 다름없게 변화해 있었다.

그런 그의 유일한 취미는 자신이 품은 여인의 등급을 매기는 것이었다.

최고가 상상, 최하가 중하(中下)다. 그 이하는 품에 안기는 커녕 아예 시선조차 내주지 않는다. 그게 그가 세상에 내세울 수 있는 유일한 자존심이었다.

그런데 막 연평왕부의 영역을 빠져나와 북경성으로 향하는 길목으로 접어들려던 그의 눈에 얼핏 이채가 어렸다. 자신이 향하고 있는 골목길의 한켠에 장사진을 치고 있는 한 떼의 낭인들을 발견한 까닭이었다.

'호오?'

사내의 화편 같은 입꼬리가 묘한 색감을 만들며 치켜올라갔다. 대충 짐작이 가는 바가 있었다. 살면서 부득이하게 꽤나 자주 겪어왔던 일이기도 했고.

살랑! 살랑!

사내는 의식적으로 둔부를 흔들며 낭인들에게 다가갔다. 그들의 두 눈이 벌겋게 달아오르고 입가로 질질 침을 흘려내게끔 색기를 확 풍겼다. 더 이상 참지 못하고 먼서 날려들게 만들기 위함이었다.

과연 효과가 있었다.

개중 성미 급한 자 몇이 결국 그가 다가오기를 기다리지 못하고 골목에서 튀어나왔다. 세 놈이나 된다.

"푸헤헷, 요년아! 잠시 검문을 좀 해야 쓰것다!"

"연평왕부에서 나온 것이렷다?"

"고년, 엉덩이 살랑이는 것이 사내깨나 잡았겠구나!"

정말 전형적인 대사다.

사내가 여전히 입꼬리를 치켜올린 채 다정하게 말했다.

"연평왕부에서 붙여놓은 방을 보고 몰려든 잡배들일 테지? 검문을 하고 싶으면 해보던가."

낭인들의 눈이 뒤집혔다. 절색의 미녀나 다름없는 사내에게 들은 말이 그들의 심사를 뒤집어놨다.

"요년이 돌았나?"

"확 조져 버릴까 부다!"

"그래, 내가 가서 네년을 검문해 보마!"

세 낭인이 버럭 소리를 지르며 사내에게 달려들었다. 이미 눈이 뒤집힌 상태다. 주변의 이목도 없는데 계속 참고 있을 필요는 없었다.

방긋!

사내가 미소 지었다. 그리고 움직인다. 바람이 무색할 만큼 빠르게.

스사삭!

사내의 틀어서 올려져 있던 긴 머리가 산발하듯 흘러내렸다. 머리를 단단히 고정시켜 주고 있던 봉황잠이 그의 손에 들려져 있는 것과 무관하지 않을 터였다.

더군다나 봉황잠은 평범치가 않았다.

봉황 문양 밑으로 삐죽이 검날이 튀어나와 있었다. 그게 가만히 있을 리 만무하다. 순식간에 날카로운 섬광을 만들어내더니, 세 방향에서 덮쳐들던 낭인들의 목덜미에 혈선을 그렸다. 찰나 만에 벌어진 일이었다.

"큭!"

"케엑!"

"컥!"

세 마디 짤막한 신음과 함께 낭인들이 바닥에 나뒹굴었다. 이미 혼이 떠나간 시체가 된 채였다.

"저년이!"

"평범한 년이 아니었구나!"

"죽일 년!"

뒤에 남아서 희희덕거리고 있던 나머지 낭인들의 눈이 뒤집혔다. 방금 전까지 함께하던 동료들이 삽시간에 차디찬 시체가 되었으니 적당히 넘어갈 리 만무하다.

물론 그런 생각은 봉황소검에 피를 묻힌 사내 역시 마찬가지였다.

"쯔쯧, 이런 너절한 솜씨를 믿고 일국의 왕야를 넘보다니! 죽음으로 죄를 씻어야 마땅할 것이렷다!"

나직한 뇌까림과 함께 사내가 사뿐히 공중으로 날아올랐다.

단숨에 십여 장 주파.

더불어 다시 그의 봉황소검이 섬뜩한 움직임을 보이며 나머지 낭인들을 도륙했다. 마치 산책을 나온 젊은 아낙이라도 된 것처럼 경쾌하고 재빠르게.

*　　　*　　　*

"끌!"

피바다가 된 골목에 도착한 철담협개는 나직이 혀를 찼다. 표정이 매우 좋지 못하다.

그도 그럴 것이 골목을 가득 메운 시체의 숫자가 족히 십수 개가 넘는다. 북경 부근에 도착하자마자 이런 도살극을 보게 되었으니 어찌 기분이 좋을 수 있겠는가.

그의 뒤에 얌전히 서 있던 남궁수가 눈을 빛냈다. 눈앞에 널브러져 있는 시체들의 특징이 그녀의 호기심을 잡아끈다. 꽤나 독특한 수법으로 살해되었기 때문이다.

'근거리에서 순간적으로 목을 베었다. 이만한 숫자를 이렇게 빨리 베기 위해선 아주 빼어난 보신경을 익히고 있어야만 가능할 터인데……'

시체의 목에 난 상흔에 신경을 집중하던 남궁수가 손을 이마에 가져다 댔다. 언제나처럼 현기증이 일어서 눈앞이 어질어질해진 까닭이었다.

슥!

역시 시체들을 살피던 철담협개가 재빨리 손을 뻗어 남궁수를 부축했다. 손가락 하나로 절묘하게 균형을 다시 찾게끔 만들었다.

"감사합니다."

남궁수가 철담협개에게 살짝 고개를 숙여 보였다.

엽자건과 헤어진 후 점차 의식을 잃는 일은 줄어들었으나 여전히 안색이 좋지 못했다. 특히 무언가에 관심을 기울일 때면 지금과 같이 가벼운 현기증을 느끼곤 하는 그녀였다.

이미 그 같은 점을 인지하고 있던 철담협개가 미미하게 고개를 저어 보였다. 목소리에 근심이 가득하다.

"어지러움증이 다시 인 것인가? 속이 메스껍지는 않고?"

"방금 전까지 아주 심했는데, 이제 많이 나아졌습니다."

"그렇구만."

철담협개가 미미하게 고개를 끄덕이곤 잠시 염두를 굴렸다. 남궁수의 몸이 썩 좋지 못하니, 엽자건과 합류할 때까지 어디 잠시 맡겨놔야겠다는 생각이 들었다.

'북경은 현재 마도(魔道)나 다름없을 터. 이 아이를 데리고 움직인다면 제약이 많을 터이니, 어디에 맡기는 것이 좋을꼬? 그래, 부근에 연평왕부가 있구나!'

연평왕부.

근래 연평왕이 납치되어 난리가 난 곳이다. 또한 그로 인해 엄청나게 낭인들과 무림인들을 끌어모으고 있는 곳이기도 했다. 한 달 반이 넘도록 연평왕 납치 사건이 해결되지 않자 연평왕부 독자적으로 사람을 모으기 시작했기 때문이었다.

아마 여기 누워 있는 낭인들 역시 그 소식을 듣고 천하 각지에서 모여든 자들 중 일부일 게 분명했다. 그 때문에 목숨을 잃은 것일 테고.

잠시 잠깐 만에 마음을 결정한 철담협개가 남궁수에게 누런 이를 드러내며 웃어 보였다.

"오늘 밤은 연평왕부에서 보내도록 하자꾸나."

"연평왕부입니까?"

"그래, 그곳에 가서 이자들이 몰살당한 사정을 알려줘야 하지 않겠느냐?"

'그냥 관부에 알려도 될 것 같은데…….'

남궁수는 잠시 의문을 품었으나 굳이 그 점을 들춰내진 않았다. 노회하고 경험이 풍부한 철담협개가 어련히 알아서 할 것이란 생각을 한 까닭이었다.

*   *   *

북경의 동쪽 방면.

동문(東文)이란 한마디로 대표되는 이 지역은 주로 학식이 풍부한 사대부들과 학교가 모여 있는 곳이다. 서쪽에 위치한

서귀대로에 귀족들과 부자들이 모여 사는 것과 대조를 이루는 장소라고 할까?

그중 한 고택에 한 명의 백의미청년이 들어섰다. 그 정체는 한 시진쯤 전에 연평왕부 부근의 골목에서 일단의 살육극을 자행한 화복미녀였다.

저벅! 저벅!

화복을 벗고 백색 무복으로 갈아입은 미청년은 더 이상 요염하게 엉덩이를 흔들지 않았다. 얼굴 역시 화장을 지워서 자못 늠름해졌다. 연평왕부를 벗어날 때완 완전히 사람이 달라진 듯하다.

문득 미청년이 눈을 빛냈다.

'그사이 숫자가 더 늘었군. 게다가 솜씨 좋은 자들이야.'

고택의 중심부에 위치한 정원에 들어섰을 때부터였다. 미청년은 자신을 노리는 살기가 하나둘 늘어나고 있음을 직감했다. 이곳에 들를 때마다 항상 당하는 일이나 내심 기분이 썩 좋지 못했다.

그때 미청년의 눈앞으로 초로의 노인이 모습을 드러냈다.

대략 육십대 정도 되었을까?

얼굴에는 꼬장꼬장함이 흘러넘치고 두 눈에는 나이답지 않은 정기가 깃들어 있으니, 영락없는 일인지하(一人之下) 만인지상(萬人之上)의 상이다. 족히 수만 명을 부리는 위치에 오랫동안 머물러 있을 만한 사람이란 뜻이다.

대학사 엄숭!

당금 황제를 대신해 대명제국의 치세를 맡고 있는 황실 권력의 핵심이다.

미청년이 얼른 그의 앞에 다가가 정중하게 허리를 숙여 보였다.

"송지하가 엄 대인을 뵈옵니다! 그동안 강녕하셨는지요?"

"그동안 연평왕부 쪽 일을 맡고 있었다고?"

"송구스럽게도 아직 제대로 된 정보를 얻어내진 못했습니다."

"그래?"

엄숭이 의외로운 표정을 지어 보였다.

그의 눈앞에 있는 송지하는 아주 오랫동안 일을 잘해왔다. 군문이나 무림 방파 출신이 아님에도 실력이 출중하고 충성심 역시 다른 하류배들에 비교할 바가 아니었다. 꽤나 오랫동안 이번 일을 맡았는데 별다른 실적이 없다니 예상 밖이다.

뒤늦게 송지하가 뒷말을 갖다 붙였다.

"그래서 이제부터는 연평왕부가 아니라 다른 쪽 일을 맡아볼까 합니다."

"내 허락을 득해야만 할 일이겠지?"

"그냥 알고만 계시면 될 줄로 압니다. 고개조차 끄덕이실 필요는 없습니다."

"그럴 필요까지 있다?"

"구양백을 찾아가 볼까 합니다."

"동창의 제독태감을?"

"연평왕은 거물입니다. 그런 자가 납치되었는데 동창의 움직임이 너무 미미하지 않습니까? 본인에게 접근해서 직접 들어볼 만한 가치가 있다고 사료됩니다."

"……."

엄숭이 잠시 침묵했다.

그는 명목상 대학사이나 실질적으론 현재 국정 전반을 황제를 대신해 처리하는 승상의 위치였다. 구천세야라 불렸던 연평왕조차 그에겐 한 수 접어야만 했고, 다른 황족들은 딱히 거론하는 게 우스울 지경이었다.

단! 동창만은 달랐다.

본래 동창의 주된 임무가 관료 감찰인데다 고위직 전부가 사내를 거세한 태감인지라 다루기가 쉽지 않았다. 금의위처럼 자신의 사람들로 가득 채워 넣을 수 없었기 때문이다.

'그러고 보니 구양백이 태감 주제에 꽤나 호색한이라고 했던가? 그것도 아주 변태라고…….'

내심 연두를 굴리던 엄숭이 화제를 바꿨다. 아주 자연스럽다.

"그나저나 지난번에 내가 했던 말에 대한 답은 준비했는가?"

"그게……."

"자네도 이젠 그리 적은 나이가 아닐세. 이젠 슬슬 안돈을 찾아야 하지 않겠는가?"

"…역시 아직은 그리할 수 없을 것 같습니다. 죄송합니다."

"그런가?"

"예."

송지하가 다시 정중하게 허리를 숙여 보이자 엄숭의 눈살이 가볍게 찌푸려졌다.

자신의 막내딸은 그리 빼어난 미모는 아니나 박색 또한 아니다. 나이 역시 적당하여 근래 매파(媒婆)가 수시로 안채에 드나들고 있다는 말을 들었다.

그런데 일언지하(一言之下)에 거절이라니!

엄숭이 아는 한 눈앞의 송지하는 무림과 관부 일각에서 암중귀도(暗中鬼刀)라 최고의 고수이기 이전에 절세적인 미남자였고, 예인이었다.

만약 이런 그가 마음만 먹는다면 어떠한 여인이든 취하지 못할 리 없었고, 사내 역시 마찬가지였다. 그런 재능으로 여태까지 수없이 많은 엄숭의 정적들을 제거해 줬다.

어여삐 여기는 마음이 생기지 않을 리 없다.

그래서 내심 자신의 막내 사윗감으로까지 점찍어놨었다. 지금까지는 그랬다. 바로 직전에 송지하의 거절의 말을 듣기 전까지는 말이다.

어둠 속에서 사용되는 칼!

밝은 곳으로 끄집어내기란 결코 수월치가 않다. 특히 송지하처럼 그런 삶을 즐기는 자에겐 더더욱 그러하다.

엄숭이 내심 고개를 저어 보이곤 천천히 신형을 돌려세웠다. 애초에 그가 말했던 것처럼 한마디 말은커녕 고개조차 끄덕여 보이지 않았다. 물론 반대의 말 역시 없다. 동창의 수장이자 정적인 제독태감 구양백을 조사하는 걸 허락한 것이다.

'이것으로 됐다!'

송지하가 접은 허리를 펴지 않은 채 내심 부르짖었다. 표정은 여전히 정중하나 가슴속 한켠이 뻥 뚫린 듯 후련하다. 드디어 지난 수년간 자신의 삶을 지배해 왔던 엄숭으로부터 해방될 수 있게 된 까닭이었다.

스윽!

결국 엄숭이 시야에서 완전히 사라지자 송지하가 접었던 허리를 펴고 신형을 돌려세웠다. 입가에는 이지러진 조소가 매달려 있다.

"흥! 중하(中下)던가? 내 얼굴을 미리 못 봤다면 몰라도 어찌 그런 박색한데 징가를 갈 수 있을까? 내 심미안을 무시해도 너무 무시했지 않은가? 뭐, 그래도 날 그냥 쓰다 버리는 칼 정도로 생각하지 않았던 건 고맙게 생각하야 하려나?"

누구한테 들으라고 하는 말이 아니다.

그냥 지난 수년간 반골의 성격을 억지로 누른 채 엄숭의 칼 노릇을 해왔던 분통이 자연스레 흘러나왔을 뿐이었다. 본래 이런 성격이었다.

으쓱!

한차례 어깨를 추어 보인 송지하가 잽싼 걸음으로 엄숭이 북경에 마련해 놓은 비밀 안가를 빠져나갔다. 그와 확실하게 선을 그었으니, 이젠 동창제독 구양백에게 접근할 차례였다. 이미 어느 정도의 계획은 세워놓고 있었다.

'꼴에 잡극을 그리 좋아한다고? 곧 황실에서 정기적으로 열리는 연회가 벌어지니, 그때 승부를 보기로 한다. 내 화려한 미모와 율동으로 추한 고자 늙은이의 뼛골을 노곤노곤하게 만드는 정도야 여반장(如反掌)이지.'

무학보다 먼저 배운 게 잡극이다.

그중에서도 여인 역인 단역을 맡았는데, 곧 북경 일대를 뒤집어놓는 인기인이 되었다.

당시의 인기를 떠올리자면 후끈 몸이 달아오른다. 지금 같이 노력할 필요 없이 언제나 무수히 많은 여인들에 둘러싸여 즐거운 나날을 보낼 수 있었다.

그러다 일이 터졌다.

그의 빼어난 미모에 반한 게 분내 나는 여인뿐이 아니었기 때문이다.

어느 날이었던가?

연기를 마치고 돌아오던 중 송지하는 일단의 사내들한테

납치를 당했고, 곧 상상조차 못했던 고난과 굴욕의 나날을 보내게 되었다. 요염하고 청순하며 아리따운 여인이 아니라 변태적인 성욕을 지닌 사내들한테 봉사를 강요당하게 된 것이다. 자신의 의지와는 관계없이 말이다.

분했다.

자신의 힘이 없음이.

원통했다.

예인으로 자유롭게 살고 싶었던 자신의 무력함이.

그가 뒤늦게 무학의 길에 뛰어들고 여태까지 엄숭의 칼이 된 이유였다. 자신이 원하는 삶을 누구의 폭거에도 굴하지 않고 즐기기 위해서 누구보다 강력한 무력과 권력이 필요했다. 간절히 희구했다.

그리고 지금, 이 순간 마지막으로 남은 폭거로부터의 탈출이 눈앞에 이르러 있었다.

한 발자국만 더 걸어가면 된다. 그런 감이 왔다.

연평왕 납치 사건은 항상 꿈꿔왔던 천하제일의 무인 곤왕 유대유와 연결되어 있었다. 그의 절대적인 무(武)와 연결될 수 있는 고리가 존재했다. 직감적으로 알 수 있었다.

"일단 남빈로(南貧路)의 색주가를 찾아가 봐야 하려나? 거기 일대의 흑방(黑幫) 머리가 아직 독목혈랑(獨目血浪)일지 모르겠군. 아직 그놈이라면 석년의 빚에 더해 이자까지 두둑하게 셈을 치러줘야 할 텐데 말야……."

독목혈랑 이대취.

석년 송지하를 남창으로 팔아넘긴 자였다. 그냥 놔둬도 칼을 맞고 죽을 자라 여겼는데, 갑자기 생각이 났다. 과거 그에게 당했던 굴욕과 함께 말이다.

송지하의 걸음이 빨라졌다.

그가 비록 북경제일의 잡극 배우였다곤 하나 이젠 모두 과거의 영광이었다. 구중천(九重天)이라 불리는 자금성의 연회에 참가하기 위해선 지금부터 준비해야 할 게 많았다. 잡극이란 결코 혼자서 할 수 있는 게 아니기 때문이었다.

"어이쿠!"

북경의 남쪽 지역, 색주가와 빈민들이 잔뜩 몰려 있는 남빈로에서 가장 큰 주루인 풍월루(風月樓)의 점소이 아길이 비명과 함께 바닥을 나뒹굴었다.

주루 대문을 지키는 녀석들이 으레 그렇듯 아길은 제법 주먹질 좀 한다는 왈패 출신이었다. 웬만한 장정은 물론이거니와 근동의 왈패들도 어느 정도 낯을 세워줄 만한 실력이었다.

그런데 오늘 그는 운수가 좋지 못했다.

아침나절부터 새 신발로 개똥을 밟더니, 악마같이 무서운 무림인을 맞아 눈탱이가 밤탱이가 되었다. 식사가 늦다는 이유로 발에 걸려 넘어지고 면상을 대차게 걷어차였다. 그것도 한 대로 끝나지 않고 몇 대나 얻어맞아야만 했다.

그래도 그것만으로 끝났으면 다행이었다.

아길을 쥐어 팬 무림인은 요리 몇 개를 시켰다가 모조리 퇴짜를 놓더니, 선금도 주지 않고 길거리에 나가 값싼 분주를 사 오라고 시켰다. 풍월루에서 자랑하는 몇 가지 명주를 가지고 물을 탄 술이라 폄하하더니, 곧바로 값싼 입맛을 드러냈다.

그래도 어쩌겠는가?

이미 상대가 말로 어찌해 볼 만하지 않다는 걸 눈치챈 아길은 울분을 참고서 풍월루를 나섰다.

내심 중간에 만만한 놈 하나만 걸리기만 고대하고 있었다. 이대로 참았다가는 화병이 나서 명이 줄어들 것 같았다. 누군가에게 화풀이라도 해야만 했다.

그런데 그것도 헛된 기대가 되었다. 풍월루를 나서자마자 아길이 만난 것은 눈앞의 사내인지 계집인지 당최 분간이 되지 않는 백색 무복 차림의 미남자였다.

역시 무림인이 분명하다. 앞서의 흉악한 자와 마찬가지로 몇 마디 질문을 던지고 곧장 주먹을 날려왔으니 말이다. 그것도 무척이나 아프게.

"다시 묻겠다. 여전히 풍월루주의 기둥서방이 독목혈랑 이대취가 맞느냐?"

"그, 그것이……."

"네가 혀를 뽑히고 싶은가 보구나. 그것도 나쁘진 않겠지."

"…예 예! 여전히 이 대인께서는 본 루의 주인인 묘 소저와 사이가 좋으십니다!"

"명도 길군. 보통 남빈로 흑방의 주인은 이삼 년을 넘기지 못하고 객사를 하는 게 전통이었는데 말야."

"그, 그야 이 대인께서 워낙 인망이 좋으시고 뛰어난 영웅호걸이시기 때문이 아니겠습니까?"

"독목혈랑이 인망이 좋고 영웅호걸이라고? 그건 또 재밌는 소리군."

'아싸! 이 자식, 이 대인을 욕했다! 욕했어!'

아길이 내심 환호작약했다.

독목혈랑 이대취는 이곳 남빈로의 왕이었다. 신이었다. 모든 주루와 객점, 도박장이 그에게 세금을 바쳤고, 보호를 받았다. 거진 팔 년이 넘도록 흑방의 머리를 하고 있는 만큼 맞수라 할 만한 자도 찾기 힘든 흑도의 거물이었다.

당연히 무림인이나 관부의 인물이라 해도 이대취에게 함부로 할 순 없었다. 길을 가다 칼을 맞고 죽거나 마약에 취해서 폐가 망신당하기 딱 알맞았다. 남빈로에 사는 모든 사람이 그 같은 사실을 알고 있었다.

아길은 다짐했다.

반드시 방금 전의 일을 이대취에게 고자질하기로. 그래서 가뜩이나 볼썽사납게 된 자신의 얼굴을 더욱 엉망으로 만든 눈앞의 미남자가 죽지도 살지도 못하는 꼴이 되는 걸 즐겁게 구경할 작정이었다.

퍽!

아길의 얼굴이 다시 묵사발 났다. 반대편으로 획 돌아가다 못해 목뼈까지 반쯤 꺾여 버렸다.

털푸덕!

결국 고통을 참지 못하고 바닥에 널브러진 아길을 내려다 보며 송지하가 차갑게 말했다.

"멍청한 놈. 남빈로에 사는 녀석이 속내조차 숨길 줄을 모르니 여태까지 살아남은 게 용하구나."

"끄어억……."

아길은 대답조차 못했다. 이미 입 밖으로 게거품을 잔뜩 게 워놓은 채 눈이 풀려가고 있었다.

그러거나 말거나 송지하는 유유히 풍월루로 향했다. 생각 외로 독목혈랑 이대취가 아직 흑방의 머리 자리를 유지하고 있다니, 잘됐다는 생각이 들었다.

*   *   *

"저런 빌어먹을 자식을 봤나!"

풍월루의 이층에 앉아 창밖을 바라보고 있던 이염의 입에서 욕설이 터져 나왔다.

눈에선 이미 살기가 번뜩이고 있다. 얼마 전 자신에게 얻어맞고 분주를 사러 나갔던 점소이가 쥐어 터져 바닥에 개구리처럼 나자빠진 모습을 발견한 까닭이다.

힐끔.

맞은편에 앉아 있던 엽자건이 그에게 시선을 던지곤 피식 웃어 보였다. 입에서 흘러나오는 소리는 전혀 다르다.

"이 호법님, 여기는 북경 성내입니다. 사람을 패는 건 괜찮지만 살인은 안 됩니다."

"괜찮아. 몰래 죽여서 파묻어 버리면 돼."

"……."

엽자건이 어이없다는 표정이 되었다. 이염이 진짜 그런 생각을 하고 있다는 걸 알고 있었기 때문이다.

그때 풍월루의 대문 앞에서 다시 소란이 일었다.

이번엔 조금 더 노골적이다.

아예 주루를 박살 내러 왈짜 패들이 몰려든 듯 괴성과 비명이 난무했다. 며칠간 중원제일의 대도인 북경의 분위기나 살필 요량이었던 엽자건으로선 눈살이 찌푸려지지 않을 수 없는 일을 만남 셈이다.

'흑방 깨기라도 벌어진 건가? 이 호법님이 계속 참아낼 수 있을지 모르겠구나.'

흑방 깨기는 문파 깨기와 비슷한 말이다.

그렇다고 정당한 비무는 아니다. 뒷골목 하류 인간들이 모여서 조직된 흑도 방파들 간에 전쟁이 붙기 전에 상대편 영업장을 부수는 행위를 뜻하는 은어인 것이다.

슥!

결국 참다 못한 이염이 자리에서 일어섰다. 눈에 살기가 더욱 짙어진 게 이젠 진짜 사람을 죽이기 전엔 진정시키지 못할 듯했다.

아니다.

전혀 그렇지 않았다.

문득 주루의 일층 쪽에 기감을 확장시킨 이염의 안색이 변했다. 눈에 깃들어 있던 살기 역시 슬그머니 자취를 감춰 버렸다. 굳이 자신이 나설 필요가 없다는 판단을 내린 듯하다.

엽자건이 다시 피식 웃었다.

"과연 이곳을 경영하는 자는 흑방과 관련이 있는 것 같군요. 이렇게 빨리 반응이 오는 걸 보면?"

"그것도 아주 잔챙이는 아닌 것 같다. 몇 놈은 제법 무공의 기본이 잡혀 있어."

"내기할까요?"

"내기?"

이염의 얼굴에 혹하는 기색이 떠올랐다. 언제 사람 죽일 살기를 풀풀 날렸는가 싶다.

천룡영웅대와 함께 훈련하고 전투를 벌이던 중 엽자건과 이염은 항상 내기를 하곤 했다. 그런 식으로라도 경쟁심을 고취하고 무료함을 달래야만 계속되는 훈련과 전투의 나날을 견뎌낼 수 있었기 때문이다.

게다가 이염이 내기에 집착하는 게 단지 그것 때문만은 아니었다. 내기의 상품으로 내걸린 음주가무가 그를 완전히 중독되게 만들었다.

엽자건이 천천히 고개를 끄덕여 보였다.

"저는 불청객에게 걸겠습니다."

"그놈이 이긴다고?"

"예."

이염이 고개를 한차례 갸웃해 보였다. 엽자건의 의중을 짐작키가 쉽지 않아서였다.

'그 빌어먹을 녀석의 발걸음이 제법 가볍기는 했지만 고작해야 이류 수준이다. 그놈을 조져 놓으려고 뛰어나온 녀석들의 숫자가 열다섯에 두 명의 제법 쓸만한 녀석이 포함되어 있으니까… 이 내기는 승산이 있다!'

지금까지 아주 많이 엽자건에게 당했다.

그때마다 조금씩 신중해졌고, 이번 역시 다르지 않았다.

잠시 잠깐 만에 세밀하게 셈을 끝낸 이염이 조심스런 표정으로 말했다.

"얼마나 걸 거냐?"

"은자 백 냥이 어떻겠습니까?"

"좋다!"

눈을 반달 모양으로 만든 채 버럭 목소리를 높인 이염이 얼른 손바닥을 펴서 앞으로 내밀었다. 내기 성립에 대한 맹세 의식을 재빨리 끝내려는 의도였다.

이에 엽자건 역시 손바닥을 내밀었다.

짝! 짝! 짝!

두 개의 손바닥이 세 차례에 걸쳐 부딪쳤다. 어떠한 경우에 도 무를 수 없는 계약이 체결된 셈이다.

그때 잠시 잠잠해졌던 일층에서 다시 격한 소리가 터져 나 왔다. 드디어 본격적인 대결이 시작된 것이다.

*　　　*　　　*

풍월루에 들어서기 전 송지하는 현판을 박살 냈다.

이곳을 관리하는 흑방의 주먹 패들을 불러내는 데는 이 방 법이 가장 빠르단 판단이었다.

과연 그의 생각대로였다.

맨 처음 봤던 아길보다 훨씬 흉맹한 기세를 한 흑방 소속의 왈패들이 쏟아져 나왔다. 개중 제법 무공의 기초를 닦은 자가 두 녕이나 끼어 있는 걸 보니 역시 독목혈랑 이대취는 여전히 풍월루주의 기둥서방임에 분명했다.

'그럼 이대취를 생각보다 빨리 볼 수 있을지도 모르겠군.'

잠시 잠깐 만에 염두를 굴린 송지하가 아길에게 했던 그대 로를 흑방 패거리들에게 똑같이 시연했다. 주먹으로 그들의 얼굴을 날리고 다리로 다시 한차례 더 걷어찬 것이다. 몰려나온 십여 명 모두를.

"끄어억!"

"우와악!"

"우억! 우억!"

삽시간에 풍월루의 입구는 피떡이 된 흑방 패거리들로 난장판이 되었다. 뛰쳐나오던 족족 송지하에게 얻어맞고 바닥을 뒹구는 게 마치 얌전히 차례를 지키는 것 같은 모습들이었다. 한 명 예외가 없었다.

흑방의 간부이자 방주인 이대취의 호위무사인 흑호투심(黑虎鬪心) 한구와 표호권(豹虎拳) 임달 역시 마찬가지였다.

그들 역시 먼저 송지하에게 달려든 수하들과 마찬가지로 지금 고개를 바닥에 처박고 있었다. 비참한 점은 어쩌다가 이런 꼴이 되었는지 당최 모르겠다는 것이었다.

'시펄, 어쩌다가 이런 꼴이 되었지?'

'니미럴, 고수구나! 고수를 만났어!'

송지하는 흑방 패거리의 마음 따윈 아랑곳하지 않았다.

그는 바닥에 널브러진 흑방 패거리들을 짓밟고서 거리낌없이 풍월루에 들어섰다. 여전히 그림같이 멋진 백의 무복 차림인데, 입에서 흘러나오는 목소리가 꽤나 무섭다.

"이대취, 당장 튀어나와라! 풍월루주 묘 소저한테는 볼일이 없으니까 그냥 있으면 되고."

"……."

점소이 중 몇 놈이 내심 안도의 한숨을 내쉬었다. 송지하가 풍월루가 아닌 흑방에게 원한이 있음을 눈치챈 까닭이었다.

또한 그들은 내심 흥미진진한 표정이 되었다.

북경 남빈로 일대의 흑방을 독목혈랑 이대취가 장악한 지 벌써 팔 년이 넘어가고 있었다. 이제 새로운 강자가 나타났으니 신구의 대결이 아주 볼만하리란 생각이 아니 들 리 만무했다.

'드디어 흑방의 주인이 바뀌는 건가?'

'장강의 앞 물결이 뒷 물결에 떠밀린다고 하더니, 드디어 남빈로에서 세대 교체의 바람이 부는 것인가!'

'그래도 독목혈랑 이대취 방주가 이대로 밀리진 않을 것인데……'

점소이들만 눈을 빛낸 건 아니다.

소란 통에 탁자 밑으로 몸을 피한 풍월루 손님들과 간신히 정신을 차린 흑방 패거리 몇 놈도 비슷한 눈빛이 되어 있었다. 본래 불 구경과 싸움 구경이 가장 재밌다고 하지 않던가.

그때 녹목혈랑 이대취가 모습을 드러냈다. 모두의 기대를 완전히 배신한 모습을 하고서.

第六十五章

타어살가(打漁殺家)

少林
棍王
소림곤왕

❋ 남과 북이 만나 타어살가로 어우러지니 오로지 예도만 남았을 뿐
어떤 것도 의미가 되지 않는구나!

"크왁!"

풍월루 전체에 울려 퍼지는 비명과 함께 장대한 사내가 이층 계단 위에서 내동댕이쳐졌다.

거진 칠 척에 이르는 덩치!

근육질의 온몸 여기저기에 자잘한 상처가 가득하고, 한쪽 눈에 안대를 하고 있다. 이곳 남빈로 흑방을 팔 년간이나 지배해 왔던 대두령 독목혈랑 이대취의 다소 어처구니없는 등장이었다.

우당탕! 쿵! 쾅!

이대취는 덩치가 큰 만큼 나무 계단을 뒹굴며 상당히 요란

한 소리를 쏟아냈다. 나무 계단 중 몇 개를 완전히 결단내기까지 했다. 그 정도로 대차게 계단을 구른 것이다.

어떻게 이런 일이 일어난 것일까?

호기롭게 이대취를 부르고 있던 송지하의 시선이 재빨리 계단을 훑고 올라갔다. 누가 이대취를 이렇게 비참한 꼴로 만들었는지 확인하기 위함이었다.

그때 이대취가 벌떡 자리를 박차고 일어섰다.

벌겋게 상기된 얼굴.

보통 사람보다 두 배쯤 큰 외눈 역시 피라도 쏟아낼 듯 붉게 물들어 있었다. 얼핏 눈 주위로 핏물까지 맺혀져 있다. 방금 전 당한 창피로 인해 피가 머리로 몰려서 예전에 다쳤던 자리의 실핏줄이 터진 듯하다.

그 순간 이층 계단 쪽에서 살벌한 기운이 물씬 이는 목소리가 울려 퍼졌다.

"지금부터 죽도록 싸워라! 이미 은자 백 냥을 잃었는데, 다시 백 냥을 더 잃게 된다면 내 눈이 뒤집혀서 거기 있는 녀석들 모두를 한꺼번에 죽이고 이 주루에 불을 싸질러 버릴지도 모르니까 말야!"

"크으……."

이대취의 입에서 상처 입은 짐승과 같은 신음이 흘러나왔다.

분노가 입을 뚫고 튀어나올 것 같다. 자존심이 상하고 미칠

것만 같다.

그래도 그는 감히 계단 위로 뛰어올라 갈 엄두를 내지 못했다. 이미 이층 창문을 통해 밖으로 도주하려다 목소리 주인에게 호된 꼴을 당한 바 있었다. 다시 그에게 달려든다 해서 상황이 달라질 것은 없는 게 당연했다.

송지하 역시 눈매를 가늘게 만들어 보였다.

'진짜 고수로군. 적어도 무림 중에 몇 명 적수를 찾기 힘들 정도의 기백이야.'

이런 일이 아주 없었던 건 아니다.

대학사 엄숭의 일을 처리해 주며 종종 진짜 무공을 익힌 고수를 만나곤 했다.

관과 무림이 서로를 침범치 않는다고?

웃기는 소리다.

은연중 관은 무림의 무력을 필요로 했고, 무림 역시 관의 일에 끼어드는 걸 마다치 않았다. 단지 겉으로만 그리하지 않는 듯 위장했을 뿐이었다.

그렇다 해도 송지하는 이 정도의 살기를 경험한 적이 드물었다. 아주 없지는 않았지만 실제로 대결에까지 들어가 보진 못했다. 자신의 목숨을 걸어야만 했기 때문이다.

슥!

송지하는 그리 길게 생각하지 않았다.

한 걸음 만에 이대취 앞으로 다가가더니, 그의 멱살을 거머

쥐었다. 그전에 아혈과 마혈을 동시에 점혈해 옴짝달싹도 못하게 만들었음은 물론이다.

"……."

이대취로선 입만 딱 벌릴 뿐이었다. 다른 어떤 것도 할 수 없었다.

"반갑지?"

이대취의 귓불에 후욱 입김까지 뿜어내 준 송지하가 그의 허리를 쥔 채 재빨리 신형을 날렸다. 한시라도 빨리 풍월루를 빠져나가겠다는 심산이었다.

콰자작!

생각처럼 쉽진 않았다.

어느새 이층에서 나무 의자가 날아들었다. 입구 쪽 방면이다.

그러나 송지하는 여기까지 염두에 두고 있었다.

쾅!

잠시의 머뭇거림도 없이 송지하가 방향을 바꿨다. 처음부터 입구 쪽이 아니라 풍월루의 벽을 뚫고 도주할 마음을 품고 있었음을 보여주는 모습이다.

"우왓!"

마침 가까스로 정신을 차리고 다리를 절룩이며 풍월루로 돌아오고 있던 아길이 비명과 함께 뒤로 자빠졌다. 그런 그의 머리 위로 송지하가 바람같이 신형을 날려갔다. 그의 옆구리에는 여전히 이대취가 붙들려 있었다.

"이런 쌍놈을 봤나!"

이염의 입에서 거침없는 욕설이 터져 나왔다.

그럴 수밖에 없다.

그의 바람과 달리 이대취가 송지하와 본격적인 대결을 해보지도 못하고 제압당해 버렸다. 일방적인 승부의 종말이었다.

게다가 송지하가 이대취와 함께 도주했으니, 화풀이를 할 대상조차 없어졌다. 어이가 없다 못해 밖으로 야반도주를 한 것이나 다름없었다.

당연하달까?

이염은 당장 청룡도를 빼들었다. 당장 송지하의 뒤를 쫓아가서 이대취와 함께 파묻어 버릴 작정이었다. 그렇게라도 하지 않고선 속에서 이는 천불을 가라앉히기 힘들 것 같았다.

그것 역시 늦었다.

벌써 엽자건이 이층 밖으로 신형을 날리고 있었다. 그보다 먼저 송지하의 뒤를 쫓기 시작한 것이다.

"넌 또 왜 그러냐? 그놈은 내 차지란 말이다!"

[이번 내기는 없었던 것으로 하시죠. 술값도 제 앞으로 달아두시고요.]

"정말?"

[대신 따라오진 마십시오.]

그 말을 끝으로 엽자건에게서 들려오던 천리전음이 사라졌다. 이미 수십 장은 족히 먼 거리를 내달리고 있을 터였다.

"허!"

이엽이 나직이 혀를 찼다.

북경에 들어서기 전부터 줄곧 자신에게 눈에 띄는 짓을 해선 안 된다고 주의를 주던 엽자건이다. 갑자기 제가 한 말과 딴판으로 행동하고 나서는 걸 보니 기가 막혔다.

잠깐뿐이었다.

'술값을 제 앞으로 달아놓으라고 했으렸다?'

곧 흐뭇한 표정을 지어 보인 이엽이 여전히 난리판이 되어 있는 풍월루 일층을 향해 벽력같이 소리질렀다. 엽자건이 돌아올 때까지 술판이나 벌이자는 심산이었다.

"이놈들아, 장사 안 할 거야? 술 가져와라! 술! 아주 비싼 걸로다가!"

"비싼 술이요?"

삼층으로 향하는 계단에 쭈그려 앉아 있던 삼십대 중반가량의 여인이 얼른 모습을 드러냈다. 이곳 풍월루의 주인이자 송지하에게 잡혀간 이대취의 정부인 묘선랑이었다.

이엽의 시선이 굴곡진 몸매를 그대로 드러낸 연분홍 궁장을 걸친 묘선랑을 훑어봤다. 나이에 비해 아직도 얼굴에는 색기가 넘치고 몸매 역시 그럴듯하다. 특히 입술 왼편에 찍혀 있는 작은 점이 도발적이다.

'푸핫! 역시 북경은 물이 좋구나! 좋아!'

내심 흥겨운 대소를 터뜨린 이염이 근엄한 표정과 함께 고개를 끄덕여 보였다.

"최고로 비싼 술을 가져오시게. 그리고 자네는 이쪽으로 와서 수발 좀 들고."

"예, 나으리!"

이미 이대취를 장난감 가지고 놀 듯하던 이염의 무위를 목도한 터였다. 남빈로 뒷골목에서 잔뼈가 굵은 여인답게 묘선랑은 얼른 새 환경에 적응하고 있었다.

*   *   *

스스스슥!

풍월루를 빠져나온 송지하는 능숙하게 남빈로의 복잡한 골목 사이로 움직였다.

혹시라도 있을지 모르는 추격을 피해야만 했다.

두려워서가 아니다.

곤왕 유대유와 관련된 큰일을 앞두고 절대 문제가 될 만한 일을 만들지 않으려는 세심함이었다.

한데 바삐 움직이던 그의 발길이 갑자기 멈춰 섰다.

사람이 사라진 좁다란 골목.

양 갈래로 갈라지기 직전이었다.

그 앞에 한 사내가 서서 송지하를 기다리고 있었다. 입가에 꽤나 근사한 미소를 매단 채로.

움찔!

송지하의 볼에 보조개가 쏘옥 들어갔다. 그가 정신적으로 화악 달아올랐을 때 보이는 변화다.

'상중(上中)? 사내자식이 저렇게 근사하게 생기는 건 반칙 인데……'

근래 상하(上下) 급의 미인조차 만난 적이 없었다.

평생을 통틀어도 극히 드물 지경이었다.

하물며 상중 급이라면 자존심 강한 송지하로서도 내심 인정하지 않을 수 없었다. 인생을 걸어볼 만한 상상(上上) 급을 만나는 게 현실적으로 불가능한 상황에선 더욱 그러했다. 대충 그런 판단을 내리고 있었다.

그런데 하필이면 그런 상대가 냄새나는 사내라니!

송지하의 미간이 슬쩍 좁혀들었다.

잠시나마 자신과 같은 사내한테 매혹됐던 일이 기분 나빴다. 어째서 이런 일이 가능했는지 의문이 들 지경이었다.

반면 엽자건은 재밌다는 생각을 하고 있었다.

처음 봤을 때부터 알아챘다.

눈앞에 있는 송지하는 잡극 배우였다. 그것도 자신과 동일한 단역 전문으로 급이 아주 높다. 적어도 한 지역을 들썩이게 만들었을 만한 수준이었다.

보법과 손 움직임.

무공을 익히기 전 몸에 철저하게 배여 버릴 만큼 수련했다. 인이 박인 상태였다. 쉽사리 떨쳐 낼 수 있었을 리 만무했다.

'게다가 제법 잘생겼잖아? 눈과 입술꼬리에 자연스레 색기가 묻어나는 게 오로지 단역에만 전념한 게 분명해. 단 한 구석에도 잡스러운 동작이 섞이지 않았으니 말야.'

대단하단 생각이 들었다.

엽자건은 단역을 맡은 직후에도 줄곧 무단 역할에 강한 집착을 보였다. 척호를 졸라서 그가 배운 동작을 몰래 연습하느라 완벽하게 단역에 동화되는 데는 실패했다. 관흠 노사에게 종종 그 같은 점을 지적당하고 혼구멍이 날 수밖에 없었다.

당연하다고 생각했다.

처음부터 하늘이 사내대장부로 태어나게 했다.

어찌 계집을 흉내낼 수는 있어도 그와 똑같은 마음이 될 수 있겠는가!

있을 수 없는 일이라 생각했다. 관흠 노사가 괜스레 꼬투리를 잡는 거라 여기고 있었다.

그런데 놀랍게도 그 완성형이 눈앞에 존재했다. 진짜로 사내이되 계집의 마음가짐을 가진 듯 움직이는 천생의 단역과 만나게 된 것이다. 과연 중원제일의 대도 북경이다.

슥!

내심 엽자건이 찬탄하고 있을 때였다.

그의 일거수일투족을 세세하게 살피고 있던 송지하가 바람같이 다가들었다.

여전히 단역의 보법.

달라진 건 속도였다. 기민함이었다.

스스슥!

그렇지 않아도 그리 멀지 않던 간격을 송지하는 귀신같이 좁혀들었다. 그냥일 리 없다.

쉬잇!

어느새 그의 손에는 한 자루 비수가 들려져 있었다. 여전히 화려한 봉황 장식이 달린 봉황소검이었다.

종횡하는 검광!

일순 분영을 일으킨 봉황소검이 사정없이 엽자건의 얼굴과 가슴, 아랫도리를 동시에 찔러왔다. 웬만한 일류고수조차 일시 피할 방도를 고민하다 당할 법한 공격이었다.

물론 엽자건은 일류 수준을 월등히 뛰어넘은 지 오래였다.

이런 공격에 당황할 것도 없다.

스슥!

문득 엽자건의 신형이 두 개로 나뉘었다. 부동무상이다.

그것만으로 끝일 리 없다.

그의 손에는 어느새 패왕검이 쥐어져 있었다. 그것으로 자신을 공격해 들어온 송지하를 가볍게 찔러갔다. 갑작스런 공격에 대한 가벼운 반격!

'무서운!'

송지하에겐 그리 받아들여지지 않았다. 그는 갑자기 엽자
건이 아주 무섭게 느껴졌다. 그의 패왕검이 당장 자신의 심장
에 커다란 구멍을 낼 것 같았다.

빙글!

그의 신형이 회전을 보였다.

우아할 정도의 교묘한 보법이 다시 선을 보였다.

더불어 그의 손에 들린 봉황소검 역시 초식을 변화시켰다.
이번엔 분영을 만들지 않았다. 단지 보법에 맞춰서 작은 원을
만들며 엽자건의 허리춤을 노려갔다.

'허! 처음엔 팽가의 자전십팔도법이더니, 이번엔 무당파의
양의문검인가?'

엽자건이 내심 눈을 빛냈다.

설마 북경 한복판에서 하북팽가와 무당파의 절학을 한 몸
에 지닌 자를 만날 줄은 몰랐다. 천하의 어떤 무림인을 붙잡
고 말해도 쉽사리 믿기 힘들어할 터였다.

문제는 숙련도 역시 그리 녹록지 않다는 점이있다.

흔들!

다시 부동무상을 펼치는 대신 엽자건이 등판을 바닥에 닿
을 듯 뒤로 젖혔다. 철판교다. 그리고 횡으로 쓸어간 발끝. 노
림수는 송지하의 현란한 보법을 가능케 하는 다리다.

빽!

날카로운 소성과 함께 송지하가 입을 벌렸다. 설마 자신의 공격을 피하고 다리를 노릴 줄은 몰랐다. 여태껏 어떤 고수와 대전할 때도 이런 식으로 보법을 봉쇄당한 적은 없었기 때문이다.

스사삭!

결국 송지하가 봉황소검과 함께 뒤로 물러섰다.

다리가 부러진 건 아니다.

하지만 정신적으로 심한 타격을 당했다. 자신의 보법이 이런 식으로 읽힌 것은 충격적이었다.

물론 엽자건이 그냥 웃으며 보내줄 리 없다.

발끝으로 바닥을 찍은 그의 신형이 순간적으로 사냥감을 노리는 독수리처럼 하늘로 날아올랐다. 어느새 패왕검이 역수의 형태로 들려져 있다. 드디어 육합참마도를 펼친 것이다.

씨익!

정신없이 뒤로 물러서던 송지하의 얼굴에서 황망한 기색이 사라졌다. 입가에는 어느새 교활한 미소마저 깃들어 있다.

스스슥!

그의 신형이 다시 예의 보법을 펼쳐 냈다. 여전히 우아한 변화다. 눈에 익은 대로다.

단! 그의 손에 들려 있던 병기가 바뀌었다.

순간적으로 봉황소검을 왼손으로 옮긴 송지하의 허리춤에

서 영교한 백색 장도가 튀어나왔다. 그의 우아한 보법과 일체된 듯 화려하면서도 매섭다.

번쩍!

대지를 역류한 찬란한 빛무리!

여지없이 공중에 떠서 날아들던 엽자건을 두 토막으로 나눠 버린 빛의 정체는 극고의 경지인 도강이었다. 그것도 엽자건이 패왕검으로 펼친 육합참마도와 거의 비슷한 변화를 담은.

사락!

송지하의 얼굴 위로 두 토막으로 변한 옷자락이 떨어져 내렸다.

하지만 이게 어찌 된 일인가!

당연히 함께해야 할 피의 화려한 분출은 뒤따르지 않았다. 오히려 두 토막으로 화한 엽자건이 불쑥 옆에서 튀어나왔다. 여전히 손에 들린 건 패왕검!

'이런 말도 안 되는!'

송지하가 화급히 봉황소검과 백색 장도를 교차했다. 달리 맹렬한 기세를 함유한 채 근거리에서 튀어나온 패왕검을 막아낼 길이 없다는 판단이었다.

쩡!

쇠와 쇠가 부딪치며 쇠종이 울부짖는 소리가 일었다. 그 정도의 파괴력과 충격이 뒤따랐음은 물론이다.

"헉!"

송지하가 입을 벌린 채 맹렬히 신형을 뒤로 물렸다. 패왕검에서 일어난 역도에 당장에라도 심장이 멎을 듯했다. 다른 장부 역시 마찬가지다. 어느새 입 밖으로 핏물이 꿀떡거리며 솟구쳐 오르고 있었다.

그러거나 말거나 엽자건은 다시 신형을 움직였다.

여전히 손에 들린 패왕검은 육합참마도의 형을 보인다. 송지하가 느닷없이 펼친 육합참마도에 전혀 놀라지 않은 것 같다.

'그럴 리가 없잖아! 한 번도 그런 적은 없었단 말이다!'

송지하가 내심 버럭 소리지르며 다시 백색 장도와 봉황소검을 교차시켰다.

방어?

아니다. 이번에는 반격을 준비하고 있었다. 다시 엽자건의 패왕검에서 예의 괴상한 내경이 몰려든다 해도 참고서 그의 품으로 파고들 작정이었다. 그래서 훤하게 드러난 옆구리에 봉황소검을 꽂아 넣는 것이다. 육합참마도의 변화는 완전할 만큼 숙지하고 있었으니까.

지직!

그의 발끝이 바닥을 강하게 디뎠다. 그렇게 함으로써 무게의 중심을 도검에 실으려 했다.

한데 이게 어찌 된 일인가!

갑자기 엽자건이 움직임을 멈췄다. 맹렬한 야수와 같던 기세를 송지하의 바로 앞에서 죽여 버렸다. 아무 이유도 없이.

"……."

어쩔 수 없달까?

송지하의 신형이 순간적으로 흔들림을 보였고, 이는 엽자건이 기다리고 있던 바였다.

픽!

엽자건의 발이 이번에도 여지없이 송지하의 발을 걸어챘다. 이번에는 종아리가 아니라 고관절이다. 그에 따라 고통으로 일그러진 송지하의 얼굴.

엽자건이 다시 신형을 띄워 올렸다.

그리고 회전 돌려차기!

퍼퍽!

엽자건의 항마연환신퇴에 연타를 당한 송지하가 결국 바닥에 쓰러졌다. 비명조차 하지 못하고 정신을 잃어버린 것이다. 도저히 믿지 못하겠다는 표정을 한 채.

얼마나 시간이 지나간 것일까?

지독한 두통과 함께 정신을 회복한 송지하는 잠시 두 눈을 깜빡여 보았다.

청명한 하늘.

전혀 변한 것이 없는 북경의 가을빛이다.

그렇다면 이젠 몸 상태의 확인이다. 보통 이런 경우를 당하면 대개 어디 한 군데가 부러졌거나 잘려 나갔을 가능성을 배제할 수 없었다.

물론 송지하가 이런 일을 당한 건 그리 많지 않다.

그렇기에 대학사 엄숭의 숨겨진 칼 노릇을 할 수 있었다.

잠시 잠깐 만에 송지하의 하단전에서 일어난 한줄기 서늘한 기운이 기경팔맥을 훑더니, 곧 사지백해를 찾아 나아갔다. 몸 상태를 확인하는 데 이보다 빠르고 확실한 방법은 없다.

'괜찮다?'

생각 이상으로 좋은 결과다.

아니다. 예상의 범위를 아예 벗어난 결과라 할 수 있었다. 이러면 그다지 좋을 것도 없다.

슥!

송지하가 별다른 방비 없이 자리에서 일어섰다.

마혈이 제압되지 않았을뿐더러 상대에게 완패를 당했다. 다시 싸워도 이길 방도가 없을 게 뻔하니 굳이 호들갑을 떨고 싶은 생각이 들지 않았다.

마침 그에게서 얼마 떨어지지 않은 장소에 쭈그려 앉아 있던 엽자건이 이를 드러내며 웃어 보였다. 확실히 잘생긴 놈이다. 몸매는 더욱 괜찮고.

"내 옷을 망쳤으니, 옷값을 물어줘야만 되겠어."

"얼마면 되나?"

"비싼데."

"비싸다?"

송지하가 차가운 반문과 함께 품을 뒤지다 안색을 굳혔다. 전낭이 보이지 않았기 때문이다.

대신 엽자건이 품속에서 전낭을 빼들어 송지하에게 흔들어 보였다. 송지하가 정신을 잃었던 사이 놀고만 있었던 건 아닌 듯하다.

"육선문(관부)에 있던 자더군."

"그걸 알면서 감히 날 건든 것이냐?"

"물어볼 게 좀 있었거든."

"지금은 아닌 것 같은데?"

"자고 있는 동안 몇 가지 알아봤지. 그러니 대충 감이 오더군. 어떻게 각대문파의 절기를 사용할 수 있었는지 말야."

"……."

송지하의 시선이 한쪽 구석에 떡실신해 있는 이대취를 향했다. 일단 그를 통해 송지하에 관한 사항을 긁어내고 몸수색을 해서 대충 상황을 꿰맞춘 듯하다.

'그래도 어떻게 내가 관과 연관이 있다는 걸 알아냈지? 방금 전 내가 펼친 무공 중 관이나 황궁과 연관된 건 하나도 없었거늘…….'

뿐만 아니다.

송지하는 몸에 절대 자신이나 엄숭과 관계된 물건을 패용

하지 않았다.

본래 숨겨진 칼이란 게 그렇다.

일에 실패하면 당장 자살해야 했고, 결코 윗선에 문제가 될 만한 상황을 만들어선 안 됐다. 그렇게 훈련받았다. 여태까지 그런 사항을 깊이 생각해 본 적은 없었지만.

그래서 송지하는 엽자건이 육선문을 언급했을 때 오히려 호통을 쳤다. 그가 자신을 단순히 관부와 관련있는 인물로 생각하길 바란 것이었다.

그런데 갑자기 각대문파의 절기 얘기가 나왔다.

이건 위험하다.

자칫 죽임을 당한 채 땅속에 파묻힐 수도 있었다. 여태까지 상대했던 무림인들은 돈이나 권력에 상당한 내성을 지녔지만 무공절기나 자문파의 명예에 아주 민감했기 때문이다.

엽자건이 피식 웃었다.

'눈알 굴리는 소리가 여기까지 들리는군. 그러고 보면 그냥 일반적인 관부의 개는 아닌 것 같아? 하지만 그렇다면 어떻게 탁발승 출신의 홍무제(洪武帝)가 필사해 간 각대문파의 무공을 연마한 것이지? 그래 봤자 겉껍질만 간신히 흉내낼 수 있게 되었을 뿐이지만.'

명의 건국 시의 일이다.

탁발승 노릇을 하며 천하를 주유하다 강남에서 세력을 얻은 명태조(明太祖) 주원장(朱元璋)은 몽고족을 장성 밖으로 몰아내며 북혈단에게 엄청나게 고전했다. 은밀하게 암약한 그들에게 휘하의 무수히 많은 인재들을 잃어버려야만 했기 때문이다.

당시 나선 것이 구대문파와 팔대세가였다.

그들은 한족 중흥이란 대업을 위해 북혈단과 싸웠고 결국 그들을 전멸시켰다. 전 무림이 힘을 합해서 현 제국이 기틀을 다지는 데 도움을 준 거의 초유의 일이라 할 수 있었다.

그런데 사람의 마음이란 게 간사했다.

뒷간 갈 때 마음 다르고 나올 때 다르다고, 주원장은 황제에 오르자마자 구대문파와 팔대세가의 수장들을 황궁으로 불러모았다. 혹시라도 북혈단을 물리친 그들이 자신이 세운 제국에 위해가 되지 않게끔 제약을 걸기 위함이었다.

그 결과 구대문파와 팔대세가가 중심이 된 각대문파에서는 황실에 자신들의 비전을 필사해 내놔야만 했다. 충성의 징표로 가장 소중한 것을 바칠 수밖에 없었다.

물론 그런 일이 가능할 수 있었던 데는 각대문파의 오만함이 크게 한몫했다고 볼 수 있다. 고작 해야 무공 구결과 초식이 적힌 필사본만으론 절대 진짜 진경을 얻을 수 없으리라 여긴 것이다.

'그런데 이런 대단한 천재가 나와 버렸군. 만약 내가 소림무학의 진경을 얻지 않았다면 방금 전의 그 육합참마도에 목숨을 잃어버렸을 테니 말야. 뭐, 그렇게 누덕누덕한 절기가

힘을 발휘하는 건 역시 잡극으로 단련된 이 녀석의 기묘한 보법 때문일 테지만 말야.'

처음부터 알아챘다.

핵심은 송지하의 손에 들린 백색 장도나 봉황소검이 만들어내는 각대문파의 절기가 아니란 사실을.

잠시 잠깐 만에 생각을 정리한 엽자건이 슬쩍 몸을 일으켜 세웠다. 그에 따라 대충 어깨에 걸치고 있던 두 토막 난 옷자락이 스르륵 바닥에 떨어져 내린다. 상반신이 완전한 나신으로 변해 버린 것이다.

"머리 굴릴 것 없어, 널 죽일 생각은 없으니까."

"그럼 놔줄 건가?"

"머리 굴리지 말라니까."

"이용할 생각이군."

"당연한 말씀. 이제부터 너는 내 포로다. 내가 가자면 가야 하고, 멈추자면 멈춰야 한다."

"하! 하!"

송지하가 짧막한 웃음과 함께 역시 자리에서 일어섰다. 얼굴과 가슴이 조금 욱신거리긴 했으나 표피의 상처일 뿐이다. 근골이나 단전은 문제가 없었다. 다시 엽자건과 한차례 붙어도 전혀 지장이 없다고 볼 수 있었다.

이번 역시 엽자건이 선수를 쳤다.

"왜? 다시 한 번 떠보게?"

"곤왕 유대유를 구하기 위해 북경에 온 자치고는 말이 꽤나 거칠군. 소림사의 제자가 아니라 흡사 시정잡배나……."

"군바리 같은가?"

"…그래. 전장을 전전하며 잔뼈가 굵은 자 같아. 그 말투나 행동은 말야."

'역시 예상했던 대로 백주 대낮에 마음 놓고 활보하는 녀석은 아니었군. 동창이나 금의위 쪽인가?'

전장에서 종종 만났다. 이런 식으로 행동하는 자들을.

그들은 대부분 내부 감찰이나 적의 밀정이나 간자를 색출하는 임무를 맡고 있었다. 정보 계통에서 움직이기에 사람의 마음을 잘 넘겨짚고, 빈틈 역시 찾기가 어려웠다. 한마디로 아주 쫀쫀하고 귀찮은 부류였다.

"유명한 잡극 배우였다고? 그것도 단역으로?"

"……."

송지하의 시선이 한쪽에 고개를 박고 있는 이대취를 향했다. 당장 그를 죽여 버리고 싶다는 표정이다. 그가 자신에 대해서 모조리 불었음을 알 수 있었기 때문이다.

잠시뿐이었다.

곧 송지하는 표정을 바꿨다. 눈빛 역시 깊게 가라앉는다.

"과거의 일일 뿐이다."

"과거의 일일 뿐이라……."

슬며시 말꼬리를 끌어 보인 엽자건이 한쪽 입꼬리를 치켜올렸다.

"…근데, 어째서 육선문에 속한 자가 이렇게 중차대한 때에 하필이면 그 과거의 일을 처리하기 위해 나선 것일까? 왠지 이번 일과 그 과거의 일이란 게 아주 깊은 관련이 있을 것 같은데 말야?"

'귀신 같은 놈!'

송지하가 엽자건을 징그럽다는 듯 바라봤다. 이런 놈이기에 흑도에서 잔뼈가 굵은 이대취조차 어린애처럼 다룰 수 있었음이 분명하다.

엽자건이 첨언했다.

"뭐, 그래서 나는 네게 다시 한 번 도전의 기회를 주기로 했다."

"다시 싸우자고?"

"다시 싸우면 날 이길 자신은 있고?"

"……."

"그런 표정 지을 것 없다. 이번에는 네가 아주 자신있어하는 걸로 도전하게 해줄 테니 말야. 타어살가 어때?"

"타어살가……. 설마 잡극으로 도전하라는 것이냐?"

"너는 단역을 맡아. 나는 무단을 맡을 테니까 말야. 아니면 반대로 해도 상관없고."

"예인을 업수이 여기지 마라!"

송지하가 분노 어린 표정으로 엽자건을 노려봤다.

무로써 패함은 어쩔 수 없었다. 그가 무공에 입문한 게 꽤나 늦었기 때문이다.

그러나 예인으로서의 자존감은 절대 건들 수 없었다.

그에게 아주 신성한 영역이었다.

엽자건이 그런 사실을 몰랐을 리 없다. 그 역시 무인이기 이전에 예인이었다.

'좋아! 드디어 동요를 보이기 시작했군.'

처음이었다. 송지하가 자신의 예상대로 움직이기 시작한 것은. 그리고 이제부터는 그가 모든 상황을 주도할 차례였다.

"내가 예인을 업수이 여긴다라……."

"……."

나직한 뇌까림과 함께 엽자건이 천천히 움직임을 보였다. 타어살가의 한 대목을 서피의 형태로 신명나게 연기하기 시작한 것이다. 호금의 도움도 받지 않고서.

덕분에 화를 냈던 송지하는 입을 벌린 채 굳어져 버렸다.

더 이상 화를 내지 않음은 기본이고, 그는 정신이 크게 혼란해져 버렸다.

그가 연마한 건 남곡을 이은 이황조였다. 강남의 소주에서 크게 흥하고 있던 곤곡은 처음으로 접하는 바였다. 둘 다 잡극의 형태이긴 하나 아주 다르면서도 새로웠다.

게다가 그를 놀라게 만든 게 또 한 가지 있었다.

'상중? 아니다! 저자는 상상이다! 그럴 만한 자격이 충분해!'

상상의 등급!

자신의 평생을 걸어볼 만한 경지였다.

그런 아름다움을 송지하는 엽자건의 타어살가에서 발견해냈다. 그가 여태까지 존엄하게 여겨왔던 예인의 지고한 경지를 얼떨결에 발견하고 만 것이다.

그렇다면 이렇게 보고만 있을 수 없었다.

예인의 기가 그리 놔두지 않았다.

스사삭!

어느새 송지하가 엽자건이 홀로 연기하고 있는 타어살가에 끼어들었다. 서로 맥이 다르다 하나 타어살가같이 아주 유명한 극은 얼추 비슷한 흐름으로 배워 익혔다. 둘 다 평범한 경지를 뛰어넘은 예인이니 그리 어렵지 않게 손발을 맞출 수 있었다.

약속해서가 아니다.

그냥 두 사람의 가슴 깊숙한 곳에 자리 잡고 있던 예인의 피가 그렇게 만들었다.

*   *   *

미로 같은 남빈로 뒷골목의 벽돌담 위.

어느새 한 명의 흑의여인이 쪼그려 앉은 채 모습을 드러내고 있었다.

독특한 벽안에 하얀 피부.

그녀는 엽자건의 뒤를 쫓아 북경까지 온 환월이었다. 여전히 엽자건의 그림자 역할을 맡기 위함이었다.

그런 그녀가 어느새 넋을 놓고 있었다. 저 멀리 인적이 완전히 끊긴 뒷골목의 공터에서 벌어지고 있는 한 편의 잡극 공연이 원인이었음은 물론이다.

'도대체 사내들인지 여우 귀신인지 모르겠구나. 어찌 저렇게 춤을 잘 추고 노래를 잘 부르는 거람. 특히 내 주인은 정말 잘났구나. 진짜 어떤 여자든 저 모습을 보면 반하지 않고서는 견디지 못하겠어.'

환월은 잡극을 모른다.

한 번도 구경한 적이 없었으니 어떤 원리나 규칙으로 극이 이뤄지는지 알 재간이 없었다.

그래도 괜찮았다.

그녀가 보는 앞에서 타어살가를 공연하고 있는 두 사람은 한 분야에서 극에 이른 달인들이었다. 아무것도 모르는 사람들조차 한 동작 움직임과 한 구절 노래만으로 빨아들일 수 있는 매력을 충분할 만큼 뿜어내고 있었다.

그렇게 한참을 공연에 집중하고 있던 환월의 눈에 이채가 스쳐 갔다. 일단의 무리들이 공연이 펼쳐지고 있는 골목 쪽으로 바삐 움직이고 있는 모습을 발견한 까닭이었다.

'시정잡배들? 어째서인지는 모르지만 저 멋진 공연을 방해

하게 놔둘 수는 없다!'

환월의 신형이 일순 자취를 감췄다. 방금 전까지 그녀가 쭈
그려 앉아 있던 담장에는 어느새 한줄기 바람만이 스쳐 가고
있을 따름이었다.

"죽일 놈들! 감히 남빈로에서 우리 흑방을 건들이다니, 반
드시 죽여서 시정에 시체를 내걸고 말 테다!"

"아무렴요! 우리 두목을 잡아갔다는 건 흑방 전체의 형제
들을 모욕한 것이나 다름없습니다요!"

"옳은 말씀입니다! 당장 두목을 구해야 합니다!"

"근데 두목이 살아 있긴 할까요?"

한참 비분강개하여 소리질러 대고 있던 무리 중 한 명이 슬
그머니 소신 발언을 하자 갑자기 주변이 조용해졌다.

딴은 그렇다.

남빈로 흑도의 역사상 이런 식으로 붙잡혀 간 자치고 사지
육신 무사하게 돌아온 자가 없었다. 대충 죽거나 병신이 되거
나 양자택일을 할 수 있을 뿐이었다.

독목혈랑 이대취라 해서 다를 것은 없다. 그 역시 그런 식
으로 전 흑방의 머리를 잡아 죽이고 남빈로 흑도를 제압한 전
력이 있었기 때문이다.

"씨벌 놈!"

이대취의 오른팔이라 불리는 견안(犬眼) 남광팔이 소신 발

언을 한 자를 발로 걷어찼다. 본래 입바른 소리 잘하는 자가 먼저 횡액을 당하는 법이다.

퍽!

남광팔이 비명과 함께 바닥을 나뒹구는 수하를 향해 눈을 희번덕거리며 소리쳤다.

"재수없는 소리, 다시 한 번 지껄여 봐라! 콱, 입 안의 강냉이를 모조리 털어내서 앞으론 죽밖엔 먹지 못하게 만들어줄 테니까!"

"개눈깔 형님, 죄송합니다! 용서해 주십시오!"

"알았으면 당장 튀어 일어나! 이런 곳에서 끌 시간은 없으니까!"

"예!"

얼른 수하가 몸을 일으켜 세우자 남광팔이 바닥에 침을 한 차례 뱉었다. 버릇이다.

한데, 바로 그때였다.

막 다시 골목 쪽으로 신형을 돌려세우려던 남광팔의 고개가 반대편으로 꺾였다. 느닷없이 그의 앞에 모습을 드러낸 환월의 장권에 턱이 돌아간 것이다.

"끄륵!"

개눈깔이란 별명답게 남광팔의 눈이 빙그르르 돌아갔다. 입에서는 가래 끓는 소리만 인다.

그렇게 남광팔이 바닥에 쓰러지자 십여 명의 흑방 무리가 얼른 환월의 주변을 에워쌌다.

손에 손에 쇠스랑이나 대도, 낭아봉 등을 들고 있었으나 표정들이 잔뜩 겁먹어 있다. 머리 이대취를 제외한 최고의 고수인 남광팔을 일격에 골로 보내 버린 환월이 결코 평범해 보이지 않았기 때문이다.

과연 환월은 자신을 에워싼 그들을 두려워하지 않았다.

애초부터 식후 운동거리도 안 되는 자들이라 여기고 있었다. 남광팔을 일격에 보내 버린 이후엔 더욱 같잖게 보일 수밖에 없었다.

"빨리 끝내주마!"

"……."

짤막한 부상어와 함께 환월의 신형이 분신을 일으켰다. 얼른 이들을 끝장낸 후 다시 공연을 보러 가야 했다. 조금이나마 시간을 끌고 싶을 리 만무했다.

第六十六章

월야쌍도(月夜雙刀)

少林
棍王
소림곤왕

달 밝은 밤 두 명의 도객이 칼날을 나누는데,
객은 집을 떠나 옛님을 그리워하네

　사부작!
　얼결에 타어살가의 마지막 장면까지 끝냈다.
　열연이었다.
　언제 이렇게 충만된 감정으로 연기를 했는지 기억조차 나
지 않았다. 그만큼 전심전력을 기울였고, 아예 극 자체에 동
화되어 흠뻑 취한 것처럼 되어버렸다.
　멍한 느낌이 계속 남아 있다.
　극이 끝난 후에도 잠시간 현실상으로 돌아오지 못하는 상
황에 처해 버렸다.
　그때 그런 송지하의 곁으로 엽자건이 다가들었다. 그 역시

오랜만에 펼친 공연이 제법 마음에 든 상황이었다. 몸 전체로 살짝 땀이 번져 나오고 있는데, 그 상태가 더할 나위 없이 상쾌하게 느껴졌다.

"예상보다 훨씬 훌륭한 예인이군. 오랜만에 마음껏 공연을 할 수 있게 해줘서 고마웠다."

"다, 당신은……."

자신도 모르게 말을 더듬거렸다. 그것이 부끄러워 안색을 살짝 붉힌 송지하가 눈에 힘을 담았다. 이제 더 이상 멍한 상황에 남아 있을 순 없었다.

"…당신은 어디서 잡극을 배웠소?"

"소주."

"곤곡을 배운 것이오?"

"아냐?"

"얘기만 들었소. 소주 쪽에 곤곡이 유행하는데, 북경과 황하 인근에서 발흥한 남곡의 이황조와 더불어 잡극의 양대 산맥을 이룰 만하다고."

"훌륭한 노사를 모셨었군."

"최고의 노사셨소이다. 물론 성질은 지랄 맞았지만."

"노사들이란 항상 그렇지, 하지만 그런 지랄 맞은 성질이 진짜 예도에 평생을 바쳤음을 웅변하는 게 아니겠나?"

"그렇긴 하오만……."

짝!

갑자기 손뼉을 쳐서 주변을 환기시킨 엽자건이 입가에 흐릿한 미소를 만들어냈다.

"그러니 이젠 내게 승복할 마음이 된 건가?"

"곤왕 유대유 공과 어찌 되시오? 그것부터 말해줘야 하는 게 순서이지 않겠소?"

'쳇! 역시 쉬운 상대는 아니구만.'

내심 혀를 찬 엽자건이 어깨를 한차례 추어 보였다. 어쩔 수 없이 자신 역시 속내를 조금쯤은 내보여야 한다는 판단을 내린 것이다.

"같이 예도를 걷던 처지로 형제에게 거짓말을 하고 싶진 않네."

"진실만 말해보시오."

"나 소림사 속가 출신일세. 이것으로 충분치 않겠나?"

"나는 육선문 중 흑암(黑暗)에 속한 자로 연평왕야 납치 사건을 조사하고 있던 중이오. 그만하면 충분하겠소?"

"그렇군."

엽자건이 미미하게 고개를 끄덕여 보이곤 송지하에게서 떨어져 나왔다. 더 이상 그에게 미련이 남지 않은 표정. 어느새 손까지 흔들며 떠나가려 한다.

다급해진 건 송지하였다.

"설마 이대로 가려는 것이오?"

엽자건은 여전히 걸음을 멈추지 않았다. 계속 골목 저편으로 걸음을 옮기며 대답한다.

"본래 강물이 우물물을 건드리지 않는다 했지 않던가? 뭐, 다 개소리일진 몰라도 지금은 헤어지도록 하자구. 서로 다시 만나지 않기를 바라면서 말야."

"수일 후 자금성에서 북경 전체의 예인들이 모이는 대연회를 개최하오. 황상 폐하와 황후를 비롯한 비빈들 전부와 대소 신료들이 한데 모이니 그때를 노리는 건 어떻소?"

"하!"

엽자건이 드디어 걸음을 멈췄다. 나직한 탄성과 함께 신형을 돌려 송지하를 바라보니, 시선은 강하고 날카롭기가 바늘 끝 같다.

송지하가 말을 이었다.

"곤왕 유대유 공을 만나고자 하오. 도와주시겠소?"

"어째서?"

"나는 천하제일의 무인을 만나서 새로운 삶을 살고 싶소. 그게 다요."

"단지 그뿐?"

"더 이상 어둠 속에 파묻혀 살고 싶진 않소. 예인으로 다시 돌아가고도 싶고."

"……."

엽자건이 대답 대신 픽 하고 웃어 보였다. 송지하가 한 마지막 말로 인해 그의 본심을 이해할 수 있게 된 것이다.

송지하가 그 모습을 보고 아직 정신을 되찾지 못하고 있는 이대취에게 다가갔다.

여전히 그에겐 남은 빚이 있었다.

일단 이자 정도는 갚게 하고서 일을 시작해 볼까 한다.

툭툭!

이대취를 차서 정신을 차리게 만든 송지하가 그를 향해 씨익 웃어 보였다. 여전히 매력이 넘치는 얼굴이나 이대취에겐 지옥의 사신처럼 보였다. 자신이 그에게 저질렀던 만행을 엽자건 덕분에 하나도 빠짐없이 기억해 낸 까닭이었다.

"반갑다. 천천히 해볼까?"

"…씨, 씨바알!"

이대취가 나직한 뇌까림과 함께 외눈을 질끈 감고 어금니 역시 꽈악 깨물었다. 혹시 맞다가 하나밖에 없는 눈알이 튀어 나오거나 혀를 깨물어선 곤란했기 때문이다.

＊   ＊   ＊

'남빈로의 독목혈랑 이대취가 박살 나다니! 북경 흑도가 아주 난리판이 나겠구나!'

골목의 한켠, 머리를 깊숙이 조아린 채 동냥질을 하고 있던 중년 거지의 눈이 빠르게 움직였다.

그의 정체는 개방의 북경성 분타주인 일수풍개(一手風丐)

였다.

갑자기 남빈로 일대에서 난리가 벌어졌다는 소식에 직접
확인을 나왔는데, 말도 안 되는 광경을 보게 되었다. 지난 팔
년간 남빈로 일대 흑도를 장악하고 있던 독목혈랑 이대취가
웬 젊은 놈들한테 죽도록 얻어맞는 장면을 발견한 것이다.

그는 잠시 고심했다.

이대취와 일수풍개는 그리 나쁜 관계가 아니었다.

사실은 가끔 뒷골목에서 만나서 인사를 나눌 정도의 사이
는 되었다. 어느 땐가는 북경성 밖에 위치한 관제묘로 개를
가져와서 함께 구워 먹기도 했다.

물론 그것뿐일 리 없다.

북경은 아주 큰 대도였다.

당연하게 흑도가 장악하고 있는 주점, 도박장, 홍등가로 흘
러드는 재화의 양은 상상을 불허할 지경이었다. 족히 하루에
수만 냥 이상은 오고 가는 게 예사였다.

그런 곳의 일부를 맡고 있는 게 이대취였다.

그가 지닌 보잘것없는 무력만으로 가능할 리 만무했다.

생긴 모습답지 않은 인화력과 커다란 손 씀씀이!

그게 바로 이대취가 남빈로의 흑방을 지난 팔 년간 장악할
수 있었던 가장 큰 원동력이었다.

그는 자신이 장악하고 있는 사업장에서 들어오는 수익의
칠 할이 넘는 돈을 아낌없이 사방에 뿌렸다. 관부와 군부뿐

아니라 주변의 무림 세력 중 어떤 곳도 섭섭해하지 않을 만큼 화끈한 손 씀씀이를 보였다.

일수풍개 역시 마찬가지였다. 몇 차례나 돈 꾸러미가 든 보퉁이를 그에게 받아 챙겨왔다. 개만 같이 잡아먹은 사이가 아니란 뜻이었다.

하지만 이젠 모두 과거의 일이 되었다.

일수풍개가 보기에 오늘 이후로 이대취를 남빈로에서 찾기란 그리 수월치 않을 터였다. 무력이 얼마나 될지 짐작조차 되지 않는 고수들에게 뛰어들어 그를 구하는 모험을 할 가치는 없다는 판단이었다.

'게다가 나는 당당한 개방의 분타주다! 어찌 흑도의 일에 끼어들어 청명을 더럽힐 수 있으랴?'

내심 결정을 내린 일수풍개의 뇌리로 문득 이곳으로 달려오기 전 발견했던 암호문이 떠올랐다. 북경성 밖에 있는 관제묘로 북경 일대의 제자들이 밤까지 집결하란 상부의 명령이 지금 이 순간 떠올랐다. 아주 시의적절하게.

사사삭!

특기인 견질보(犬跌步)를 이용해 몸을 뒤로 빼낸 일수풍개가 내심 이대취의 명복을 빌었다. 그동안 그와 함께 나눴던 개고기의 정이 슬그머니 마음 한켠을 저리게 만든 까닭이다.

'외눈깔 동생, 미안하이. 본래 정과 사란 가는 길이 다르지 않던가? 내 후일이라도 명일이 되면 자네를 위해 지전을 태워

줌세.'

골목을 벗어나자 견질보가 조금 더 빨라졌다.

아주 쏜살같았다.

한시라도 빨리 이곳을 떠나고 싶은 일수풍개의 마음이 확실하게 담긴 보법이 펼쳐진 까닭이었다.

'저것도 처리해야 하는 건가?'

흑방의 패거리를 골로 보낸 후 다시 벽돌담 위로 돌아온 환월이 눈살을 살짝 찌푸려 보였다.

방금 전 엽자건과 송지하가 어우러진 타어살가가 끝났다.

평생 본 적이 없던 멋진 공연이었다.

잠깐이나마 이대취를 구하러 온 흑방 패거리들을 처리하느라 놓쳤던 게 분할 지경이었다.

당연히 견질보를 펼쳐 골목을 빠져나가고 있는 일수풍개가 아주 눈엣가시 같았다.

심상치 않은 보법을 지닌 자다.

일단 뒤를 밟아서 무슨 의도가 있는지 알아보는 게 그림자로서의 책무였다.

하지만 이대로 이 자리를 떠나는 것도 내심 마땅치가 않았다. 혹시라도 두 절세 미남아가 공연을 다시 할지 모르기 때문이었다.

그래도 도리가 없다.

곧 그림자로서 본연의 자세로 돌아간 환월이 가벼운 한숨
과 함께 일수풍개의 뒤를 쫓기 시작했다. 그를 처리할지 말지
는 일단 뒤를 쫓아본 후 결정할 작정이었다.

슥!

그녀의 신형이 곧 자취를 감췄다. 일수풍개는 제법 고수
다. 이렇게 뒤를 쫓는 데 있어서 앞서의 흑방 패거리들과 같
이 취급할 수는 없었다.

이대취를 향해 주먹질을 하고 있던 송지하가 슬쩍 시선을
엽자건에게 던졌다.

의미심장한 시선이다.

엽자건 역시 그를 비슷한 뜻을 함유한 채 바라봤다. 그렇다
고 딴 뜻이 있는 건 아니다.

"내게 아주 훌륭한 수하가 한 명 있으니 신경 쓸 것 없어."

"정말이오?"

송지하가 놀란 표정을 지어 보였다. 일수풍개를 제외한 다
른 자가 부근 골목에 숨어 있었다는 건 그의 무공 수위로 볼
때 믿기 힘든 일이긴 했다.

엽자건이 그 점을 인지한 듯 친절하게 설명했다.

"살수 계통의 무공을 연마했거든. 그것도 아주 최상급으로
말야."

"부럽구려. 그런 수하를 두고 있다니 말이오."

"그러게."

엽자건이 피식 웃어 보이곤 슬쩍 고갯짓을 해 보였다. 하던 일 마저 끝내란 뜻이었다.

"잠시만 기다리시오. 곧 끝낼 테니까."

"근골이 제법 야문 놈이더군. 악도 있고 말야."

"알고 있소. 그래서 앞서 계획보다 조금 더 빚을 받아낼까 생각 중이오."

"마음에 드는 성격이군."

"고맙소."

송지하가 엽자건에게 살가운 미소를 지어 보이는 사이 이대취가 다시 어금니를 꽉 깨물었다. 외눈 역시 있는 힘껏 감았다. 지금 현재 그에게 있어 가장 중요한 일이었다.

'크흐흑, 이 악마 같은 놈들, 차라리 죽여라! 죽여!'

송지하가 갑자기 정색을 한 채 말했다.

"그냥 죽여 버릴까? 잠깐 생각해 보니 굳이 이 자식이 없어도 잡극 공연을 할 만한 인력을 모을 수 있을 것 같은데……."

"살려주십시오! 때릴 만큼 때리시고, 부디 목숨만 살려주십시오!"

"아직 주둥이 놀릴 힘은 남았나 보네?"

"아닙니다! 아닙니다!"

"그럼 그냥 죽여 버려?"

"살려주십시오! 제발 살려주십시오!"

어느새 이대취가 송지하의 바짓가랑이를 붙잡고 늘어졌다. 어떻게든 목숨만은 건져야겠다는 일념이었다.

픽!

대차게 이대취를 발로 걷어찬 송지하가 씨익 웃어 보였다. 이런 식으로 나와줘야 마음이 기껍다. 여태까지는 지나치게 얌전히 얻어맞고 있었다.

"그럼 조금만 더 때리마! 네놈이 부탁한 것이니, 너무 마음에 담아두진 말아라!"

"아무렴입쇼! 아무렴입쇼!"

연신 얼굴을 바닥에 조아리며 이대취는 송지하에게 다시 구타당하기 시작했다. 이젠 더 이상 외눈을 감고 어금니를 깨물지 못했다. 그랬다가는 진짜로 죽여 버릴지 모른다는 공포가 그를 그리 만들었다.

*   *   *

밤.

엽자건과 송지하가 사이좋은 형제 같은 얼굴을 한 채 풍월루로 돌아왔다.

이대취는 보이지 않는다.

지금쯤 남빈로 일대에서 가장 솜씨가 좋은 잡극 배우들을 소집하기 위해 동분서주하고 있을 터였다.

도주?

이미 엽자건과 송지하의 무위와 독한 심사를 직접 몸으로 경험한 터였다. 그에게 그런 간담이 남아 있을 리 만무했다. 절대 불가능한 일이었다.

삐걱거리는 나무 계단을 통해 이층에 오른 엽자건이 눈살을 살짝 찡그렸다.

'많이도 퍼마셨군. 이번 기회에 아주 내 호주머니를 몽땅 털어버리기로 작정하셨다?'

'대단한 고수! 게다가 술에 취한 상황에서도 두 눈에 감도는 살기는 족히 천 인(千人)을 참살한 자만이 가질 수 있는 기운이로구나!'

송지하는 한눈에 알아봤다. 얼마 전 이대취를 제압해 자신에게 집어 던진 상대가 눈앞에 잔뜩 술에 취해 계집을 희롱하고 있는 이염임을 말이다.

이염의 옆에 찰싹 달라붙어 성심성의껏 시중을 들고 있던 여인은 다름 아닌 풍월루주 묘선랑이었다.

그녀는 이대취가 송지하에게 잡혀간 후 줄곧 이염의 곁을 떠나지 않았다. 혹시라도 다시 송지하나 이대취가 돌아와서 사단을 일으킬 것을 걱정한 까닭이었다.

그런 그녀의 눈꼬리가 살짝 치켜올라 갔다.

산도적이나 다름없는 이대취나 인간 백정 같은 이염을 시중들다가 두 명의 훤칠한 미남자를 보게 되었다. 잔뜩 물이

오른 농염한 나이인 그녀의 몸이 후끈 달아오르지 않을 수 없었다. 당연한 자연의 섭리였다.

'에휴우! 어쩜, 저리 잘들 생겼을까? 내 노류장화(路柳墙花) 생활 십수 년에 저런 미남들은 보다 보다 처음이로구나! 오늘 재수가 없다 여겼더니, 갑자기 눈 호강을 확실히 하게 되었는 걸?'

묘선랑은 은근슬쩍 몸을 꼬았다.

늘씬한 다리를 안절부절못하며 엉덩이 역시 자꾸 이리저리 움직여 댔다. 만약 옆자리에 호랑이처럼 무서운 이염이 없었다면 당장 두 사내를 향해 달려갔으리라!

'요런 헤픈 계집을 봤나!'

이염은 기분이 확 상하는 걸 느꼈다.

엽자건과 함께 다니다 보면 매사 이런 식이었다. 치마를 두른 계집들이라면 어린년이고 늙은 년이고 죄다 그에게 정신이 팔려 자신을 등한시하곤 했다. 당장 옷고름을 풀어 버릴 작정을 한 채 덤벼들곤 했다.

다 좋다.

그런 것까진 이해했다. 엽자건은 내심 인정하는 놈이었기 때문이다.

그런데 그의 옆에 선 놈은 또 뭔가?

생긴 것부터가 아주 재수가 없다. 술맛이 확 떨어진다.

"넌 뭐냐?"

이염의 노골적인 살기가 담긴 시선에 송지하가 씨익 웃어 보이곤, 엽자건에게 슬쩍 고갯짓을 했다.

"엽 대형, 데리고 다니는 수하 중에 개백정도 하나 있었던 것이오?"

"개.백.정!"

이염이 차디찬 중얼거림과 함께 묘선랑을 옆으로 밀어냈다. 어느새 손에는 청룡도가 쥐어져 있다. 당장 눈앞의 송지하를 두 토막으로 잘라 버릴 만한 기세 역시 충분히 준비되어진 상태!

슥!

송지하 역시 어느새 봉황소검을 빼들고 있었다. 비좁은 주루 내부에서 싸우기엔 백색 장도보다 단병인 봉황소검이 낫다는 판단이었다.

그러자 엽자건이 얼른 뒤로 몇 걸음 빠져나왔다.

두 사람 간의 싸움에 절대 끼어들지 않겠다는 의지의 표명이다. 게다가 그것만으로 부족했는지 그는 박수까지 치며 즐거운 표정을 지어 보였다.

"하하, 천하의 이대도객이 만났으니, 절대 그냥 지나칠 순 없겠지! 달 밝은 이 밤에 한번 화려하게 붙어보시오!"

'천하의 이대도객?'

'이대도객이 만났다?'

이염과 송지하의 얼굴이 제각각 놀란 기색을 만들어냈다.

엽자건이 한 말의 의미가 두 사람에겐 매우 각별했기 때문이다.

이대도객!

일왕, 삼기인, 오패군, 삼검호, 십삼성 등과 함께 천하에 명성이 자자한 두 명의 정사 중간 도객을 뜻한다.

그러나 천살마도 이염과 달리 암중귀도 송지하는 철저하게 어둠 속에 파묻혀 있었다. 대학사 엄숭의 숨겨진 칼로써 활동하던 중 무림 중에 알려진 이름인 까닭이었다.

꿈틀!

한차례 눈살을 찌푸리는 것으로 내심을 진정시킨 이염이 살기 어린 시선으로 송지하를 훑어봤다. 그가 과연 자신과 함께 이름을 올릴 만한 자격이 있는지를 확인하기 위함이었다.

송지하의 얼굴 역시 부담스런 기색이 완연했다.

눈앞의 사내가 자신에 버금가는 초절정고수임은 이미 짐작하고 있었다. 그래서 낮에는 대결을 피했다. 반드시 이길 수 있는 싸움만 하는 게 그의 주의였기 때문이다.

'그런데 하필이면 엽 대형과 함께 있는 자가 천살마도 이염이었다니, 정말 재수없게 되었구나!'

그 역시 천살마도 이염에 대해선 남다른 감정을 가지고 있었다. 자신과 함께 이름을 날리는 그의 무위가 내심 궁금했다. 진짜로 칼 한 자루를 믿고 대강남북을 제멋대로 활보할 수 있을 만큼 강한지 말이다.

"후우!"

문득 입 밖으로 가벼운 한숨을 내쉰 송지하가 서늘한 눈빛을 이염에게 던졌다. 여태까지의 유들유들하던 모습과는 딴판인 기세와 함께다.

"결정 났군. 밖으로 나갈까?"

"좋소."

이염의 제안에 송지하가 바로 대답했다.

이대도객의 첫 대면, 결투로 시작되려 하고 있었다.

'역시 주루의 지붕 위에서 붙으려는가?'

엽자건이 순식간에 창을 통해 밖으로 날아간 이대도객을 눈으로 살피곤 이를 슬쩍 드러냈다.

이대도객 간의 첫 대결, 아주 순수하게 궁금하다. 누가 이길지 보다는 어떤 식으로 칼을 맞댈지가 그랬다.

하지만 엽자건은 그들을 따라 나가지 않았다.

대신 그는 여전히 자신을 뜨거운 눈빛으로 훑어 내리고 있는 묘선랑에게 다가갔다. 입가에는 방금 전까지 송지하와 함께 있으면서 배운 유들유들한 미소가 슬며시 내걸려 있다.

"술이 좀 남았나?"

"당연하죠!"

"그럼 한잔 따라봐!"

엽자건은 대뜸 묘선랑의 옆자리에 걸터앉았다. 한 손은 술

잔을 들었는데, 다른 손의 위치가 미묘하다. 훤하게 드러나 있는 묘선랑의 허벅지를 훑고 있는 것이다.

"아이잉!"

묘선랑의 입에서 앓는 소리가 흘러나왔다. 당장 몸이 녹아 내리기라도 할 것 같은 모습이다.

그러거나 말거나 엽자건의 손길은 더욱 대담하게 움직여 갔다. 아예 묘선랑을 자신의 허벅지 위에 앉힌 채 허벅지와 가슴을 거리낌없이 농락했다. 방금 전까지 그녀를 어찌해 볼 생각으로 확 달아올라 있던 이염이 보면 두 눈에서 불길이 터져 나올 법한 모습이다.

그리 오래 계속되진 않았다.

'저기군.'

문득 눈에 이채를 담은 엽자건이 완전히 그의 몸에 찰싹 달라붙어 있던 묘선랑을 탁자 위에 내동댕이쳤다.

"아흐응, 이런 얄미운 난봉꾼 같으니라구……."

묘선랑이 코맹맹이 소리를 내며 능숙하게 몸으로 탁자 위를 정리했다. 젊은 혈기답게 엽자건이 먼저 후끈 달아올라 이런 곳에서 일을 치르려 한다는 판단을 내린 것이다.

착각이었다.

전신을 무방비 상태로 만든 채 엽자건이 거칠게 달려들기만을 기다리고 있던 그녀를 맞은 건 한줄기 바람뿐이었다. 아무리 시간이 지나도 그 외엔 아무것도 없었다. 엽자건은 이미 창을 통해 밖으로 나간 지 오래였다.

"개.자.식!"

묘선랑이 마지막 자존심으로 살짝 감고 있던 눈을 뜨곤 버럭 소리를 질렀다. 그녀 평생에 이런 식으로 사내에게 바람을 맞은 건 처음 있는 일이었기 때문이다.

*　　　*　　　*

스릉!

송지하는 천천히 백색 장도를 빼들었다.

그의 앞에 이미 청룡도를 늘어뜨린 채 서 있는 자는 천살마도라 불리는 무림의 초절정도객이었다. 여태껏 상대했던 자 중 엽자건을 제외하곤 최강의 상대일 게 뻔했다.

평상시의 송지하라면 절대 승부를 피한다.

이런 싸움에선 이긴다 해도 이긴 게 아니었다. 자칫 목숨이 위태로울 수 있고 부상의 위험 역시 상존하기 때문이다. 만일 관옥 같은 얼굴에 상처라도 입는다면 어찌 다시 예인의 길을 걸을 수 있겠는가.

그래도 세상에는 어쩔 수 없는 일이란 게 있다.

이번이 그랬다.

자신과 동일한 명성을 무림 중에서 얻은 자다. 예도로써 마음이 통한 엽자건과 꽤나 친숙한 사이인 것 같기도 하다. 어떤 식으로든 비무(比武)하여 승부를 가름하고 싶었다. 그러기 위해 지금 애도 백혼(白魂)을 처음부터 빼들고 있었다.

반면 이염은 살기 어린 눈으로 찬찬히 송지하를 살피고 있었다.

발끝으로부터 시작해 손끝까지 이어지는 추임새!

이염은 발도와 함께 흠잡을 데 없는 초절정도객이 된 송지하의 몸이 만들어낸 동선에 집중했다. 다른 승부와 달리 이번 싸움은 꽤 고전할지도 모르겠다는 예감이 들었다.

'애송이 주제에 흠잡을 데 없는 발도다. 어째서 무림의 식견 높다는 호사가들이 단지 시체에 남은 흔적만으로 이 녀석을 이대도객 중 한 명에 올려놨는지 이해할 수 있겠어. 하지만 세기 역시 괜찮을까?'

세기!

힘을 뜻한다.

특히 도법을 익힌 자에겐 더욱 중요시된다. 기교를 중시하는 검법과 달리 도법은 패(覇)에 주력하고 일격필살에 그 의미를 두기 때문이다.

이염은 직접 이를 확인해 보려 했다.

스슥!

문득 그의 장대한 신형이 움직임을 보였다. 특유의 발도에 곧바로 들어간 것이다.

스파앗!

대기가 크게 흔들렸다.

전광에 가까운 쾌속한 도기에 순간적으로 대기 자체가 양단되어 버렸다. 월광 역시 두 개로 나뉜다.

광룡난천풍!

처음부터 이염은 자신이 펼칠 수 있는 최강의 초식을 쏟아부었다. 단숨에 승부를 절정으로 몰아넣으려 작정한 것이다.

'과연!'

송지하는 내심 탄복했다.

순간적으로 자신을 노리며 섬전같이 파고들어 오는 도기의 중첩에 일순 숨이 콱 막혀왔다. 도강을 펼친 게 아님에도 단숨에 자신이 두 조각으로 잘려 버릴 것 같았다. 그만큼의 압도적인 박력을 느꼈다.

흔들!

하지만 그에겐 엽자건조차 인정한 보법이 있었다. 비록 영혼조차 쪼개 버릴 듯한 도기는 무서웠으나 피하면 그뿐이었다. 반격은 선택이었고.

치앙!

송지하가 신형을 분산시키며 백혼으로 현란한 도광을 일으켰다. 자전십팔도법의 절초였다. 마치 미꾸라지처럼 이염의 청룡도를 빠져나가며 그의 옆구리에 칼날을 박아 넣은 것이다.

결과는 실패였다.

이염의 옆구리로 파고들던 백혼은 청룡도에 가로막혔다. 놀랍게도 그 짧은 새에 청룡도의 도기를 되돌려 방어에 나섰다. 어떻게 그런 것이 가능했는지 짐작조차 못할 법한 묘기다.

더불어 다시 일격필살의 패기를 일으킨 청룡도!

순간적으로 백혼의 하얀 도신을 휘어감으며 회전을 일으킨 청룡도의 도날이 맹렬한 힘을 싣고 밀려들어 왔다. 단숨에 송지하와 백혼을 동시에 박살 낼 법한 기세였다.

혼들.

송지하가 다시 예의 보법을 펼쳤다.

이번에는 청룡도와 함께 돌진하는 이염의 뒤로 돌아 들어갔다. 침착하게 반격을 가해 그의 훤하게 드러난 등판에 칼날을 꽂아 넣을 작정이었다.

치앙!

이번 역시 실패했다.

이염의 청룡도에 다시 가로막힌 것이다. 거짓말처럼 말이다.

스슥!

결국 송지하가 압력을 줄이기 위해 뒤로 물러섰다. 잇달아 청룡도와 부딪친 백혼을 타고 흘러든 내경에 손이 저리고 가슴이 아파왔다. 역시 힘으로는 안 될 상대다.

히죽!

이염이 얄궂게 미소 지었다.

송지하의 그 같은 사정을 이미 짐작하고 있다는 표정이다.

그러나 내심은 딴판이다. 그는 송지하가 특기인 보법과 함께 펼친 두 번의 반격에 내심 질린 상태였다. 엽자건의 금강부동보를 상대할 때도 이 정도로 놀란 적은 없었던 것 같다. 그만큼 송지하가 찰나지간에 선보인 보법과 반격은 그에게 깊은 인상을 새겨 넣었다.

'니미럴! 어린 녀석이 이런 신묘한 보법을 연마했을 줄이야! 계속 싸우다가 재수없게 칼침이라도 한 방 맞으면 두고두고 조롱을 당할 테니, 이쯤에서 그만 그쳐야겠구나!'

송지하가 이염의 이 같은 심사를 간파했을 리 없다.

'너 잘났다!'

내심 화를 벌컥 낸 그가 다시 백혼을 들어 올렸다. 이번엔 도강을 사용할 생각이었다.

내력이 달려서 한 시진에 딱 한 번밖엔 사용할 수 없는 것이기에 아껴왔는데, 이젠 한계다. 눈앞의 얄미운 이염에게 반드시 한 칼을 먹이고 말 작정이었다.

바로 그때 이염이 청룡도를 거둬들였다. 방금 전까지 살기를 풀풀 날려대더니, 갑자기 마음이 바뀐 듯 태도가 돌변했다. 어째서 그런 것일까?

송지하의 의혹 어린 표정을 살핀 이염이 어깨를 한차례 추어 보이곤 말했다.

"애송이, 네 실력은 충분히 봤다. 어린 나이답지 않게 아주 인상적이었다."

"내게 승복하겠다는 뜻이오?"

"애송이 주제에 제법 실력이 쓸만하단 건 인정하마. 하지만 다시 싸우면 너는 나한테 죽는다."

"길고 짧은 건 대봐야 아는 게 아니겠소?"

"지랄하네!"

단 한마디로 송지하의 입을 다물게 만든 이염이 눈에 다시 살기를 담은 채 말했다.

"너, 자건이 녀석한테 이미 졌지?"

"그건……."

"그 녀석이 나한테 칼 쓰는 법을 배웠다. 네놈이 제법 괜찮은 보법을 가졌다만 어찌 나한테 칼을 들이댈 수 있겠느냐?"

"그 거짓말 사실이오?"

"사실이다. 물론 녀석은 지금 청출어람(靑出於藍)한 상태지만 말야."

"청출어람?"

"내가 칼질을 가르쳐 줬는데 지금은 나보다 더 잘 쓰거든. 사람도 잘 죽이고 말야."

"……."

송지하가 입을 굳게 다물었다. 이염이 한 거짓말에 순간적으로 속아 넘어간 까닭이다.

'요놈아! 네놈이 아무리 날고 기어도 내겐 그저 작은 애송이에 불과하다! 어딜 감히 엉기려고 해!'

이염이 내심 느물거리며 웃었다.

지금부터가 재밌어질 차례였다. 자신의 거짓말에 깜빡 속아 넘어간 송지하를 제멋대로 요리한 후 철저하게 승복시키기 위한 수작질이 진행될 예정이었기 때문이다.

*   *   *

스스슥!

창을 통해 밖으로 나선 엽자건이 향한 곳은 이대도객이 한창 드잡이를 벌이고 있는 지붕이 아니었다.

그는 오히려 풍월루 주변에 있는 골목을 내달리고 있었다.

궁신탄영을 펼친 것인가?

그의 금강부동보는 평상시보다 월등히 빨랐다. 속도가 가히 급가속을 한 것이나 다름없었다.

그러다 그가 멈춰 섰다. 하늘에서 흘러내리는 교교한 달빛뿐, 어떤 것도 보이지 않는 텅 빈 장소였다.

티잉!

엽자건은 손에 들린 나무젓가락을 가볍게 손가락으로 튕겨 보였다. 그리고 그 뒤에 차분한 한마디가 따라온다.

"또 내가 이런 걸 날려보내길 바라는 건 아닐 테지? 당장

나와!'

"……."

협박성 발언에 대한 대답은 돌아오지 않았다.

대신 엽자건이 있는 방면으로 나풀거리며 하얀 꽃잎 한 송이가 날아들었다.

달밤이라 하나 기이한 현상!

엽자건은 그다지 개의치 않고 손을 내밀어 꽃잎을 낚아챘다.

촤악!

꽃잎은 허상이 아니었다. 실물의 하얀 서신이었다. 그리고 그 속에는 몇 줄의 글귀가 적혀져 있었다.

북경성 밖 남쪽으로 오 리(五里) 방면. 관제묘에 수십의 거지와 철담협개가 모였음.

'철담협개 선배님께서 벌써 북경에 도착하셨군. 남궁 조장의 병중 치료는 끝났으려나?'

엽자건의 뇌리로 전장에서 항상 자신을 따르던 남궁수의 맑고 아름다운 눈동자가 스쳐 갔다.

한 떨기 꽃처럼 아름답고 순결한 여인.

그녀가 줄곧 자신만을 바라보고 있었음을 어찌 모르랴!

감요진을 핑계로 줄곧 그 눈빛을 외면했던 나날이 엽자건의 가슴을 무겁게 짓눌러 왔다. 그녀가 독에 당해 쓰러진 순간부터 줄곧 담아두고 있던 부채(負債)이기도 했다.

티앙!

문득 엽자건의 손가락이 젓가락을 튕겨냈다. 풍월루에서와 똑같은 상황!

아니다. 이번엔 그보다 조금 더 젓가락이 날아가는 속도가 빨랐다. 은연중 탄지신통의 내공을 주입했기 때문이다.

파락!

덕분에 이번엔 젓가락이 정확하게 목표물을 찾아갔다. 빈 허공중에서 갑작스레 사라져 버린 것이다.

슉!

엽자건이 그 짧은 순간을 놓치지 않고 신형을 날렸다. 양손 역시 움직인다. 금룡십이해가 현묘한 동작으로 허공을 휘감아 잡아당긴 것이었다.

"큭!"

결국 엽자건의 손에 딸려 나온 환월의 입에서 짤막한 침음성이 흘러나왔다. 아파서가 아니다. 이렇게 쉽사리 엽자건에게 붙잡힌 게 분했다.

톡! 톡!

엽자건이 손가락으로 그녀의 이마를 몇 차례 튕겼다. 언제 남궁수를 떠올렸냐는 듯 표정이 냉정하다.

"군명을 어겼군."

"죽이십시오."

"죽이는 건 너무 쉽잖아. 아깝기도 하고. 그러니 이제부터
내 명령을 따르도록 해."

"다시 그림자가 되라는 뜻입니까?"

"그러려고 따라온 거잖아."

엽자건이 웃음 띤 얼굴로 환월을 놓아주었다. 이제 더 이상
자신을 피해 몸을 숨기지 않을 것임을 알고 있었기 때문이다.

환월이 갑자기 불쑥 질문했다.

"헤픈 여자를 좋아하시나요?"

"아니."

"그럼 가슴 큰 여자를 좋아하시는군요?"

"뭐?"

"이렇게 가슴 큰 여자를 보자마자 갑자기 사내처럼 굴었잖
아요!"

환월이 가슴 부위를 손으로 크게 부풀려 보였다. 방금 전
엽자건과 함께했던 묘선랑의 풍만한 몸매를 애써 묘사해 보
이는 것이다.

엽자건이 참지 못하고 피식 웃었다.

"크큭! 크하하하하핫!"

"왜 웃으시는 거죠?"

"네가 웃겨서."

"예?"

"네가 너무 웃겨서 웃은 거다."

엽자건이 손가락을 뻗어 환월의 이마를 툭 밀쳤다. 그리곤 한마디 던지는 걸 잊지 않는다.

"나는 물론 가슴 큰 여자를 좋아한다. 그러니까 너 같은 빈유는 일찌감치 포기하는 편이 좋아."

"나, 나도… 곧 가슴이 커질 거예요! 그러니까 조금만 기다려 줘요!"

"어려울걸? 성장과 발육이란 건 다 때가 있는 법이니까 말야."

"비술이 있어요!"

"비술?"

"그래요. 그러니까 나중엔 반드시 날 여자로 대해줘요. 사내가 되라구요!"

그 말을 끝으로 환월이 어둠 속으로 사라졌다. 엽자건에게 들은 빈유란 말에 마음이 크게 상한 듯하다.

"……."

엽자건이 잠시 환월이 사라진 빈 공간을 물끄러미 바라봤다. 그녀가 아직 주변을 떠나지 않고 있음을 안다. 그래도 갑작스레 혼자가 되자 왠지 마음 한구석이 공허하다.

'북경성 밖의 관제묘라고 했던가?'

철담협개를 떠올리자 다시 남궁수의 얼굴이 어른거린다. 또한 그녀가 무척이나 걱정되었다.

슥!

생각이 일자 몸이 움직였다.

순간적으로 부풍무영을 펼친 엽자건이 한줄기 바람이 되어 북경성 밖으로 향했다. 관제묘로 달려가 당장 철담협개를 만나고 남궁수의 안위를 확인해야만 했다. 지금 생각나는 건 단지 그뿐이었다.

第六十七章

무공전수(武功傳受)

少林
棍王

소림곤왕

연평왕부.

연평왕이 납치당한 후부터다.

북경 부근에 위치한 터라 변방의 다른 왕부들과 달리 특별히 무력에 신경을 쓰지 않던 이곳이 변했다. 수백 리 밖까지 내걸린 방문을 보고 족히 수백 명이 넘는 무인 및 낭인들이 모여들어 문전성시를 이루게 된 것이다.

물론 그렇다고 아무나 왕부에 받아들였을 리 없다.

엄격한 내부의 지침에 따라서 모여든 무인들 중 일류 수준 이상만이 왕부로 초청되었다. 그런 자들을 모아서 병부(兵部)나 오군도독부(五軍都督府)와 별개로 추격대를 편성해 연평왕 납치 사건을 처리하겠다는 의도였다.

　그 와중 근래 이곳을 찾은 가장 큰 거물은 단연 개왕 철담
협개 이구와 백의검후 남궁수였다. 무림의 가장 큰 어른이라
불리는 삼기 중 한 명과 강북제일의 신진 고수라 불리는 창룡
검가의 후계자가 동시에 연평왕부를 찾은 것이다.

　당연하달까?

　그 두 사람을 다른 평범한 무인들과 같이 대접할 수는 없었
다. 그들은 당장 외원에서 제법 널찍하고 훌륭한 별채를 배당
받았다. 그 외에도 온갖 종류의 대접을 매우 충족할 만큼 접
대받았음은 두말하면 잔소리일 터였다.

　밤.

　어둠은 점차 깊이를 더해가고 있었다.

　달빛이 여전히 외롭게 밤하늘을 비추고 있으나 주인을 잃
어버린 연평왕부는 쓸쓸함만이 넘쳤다. 가끔씩 번을 도는 무
사들의 조용한 발걸음 소리가 들려오는 것 외엔 어떤 소리나
움직임이 느껴지지 않았다.

　문득 지난 며칠간 여독을 푼 별채를 빠져나와 밤바람을 맞
고 있던 남궁수의 입가에 쓸쓸한 미소가 스쳐 갔다.

　근래 그녀는 건강을 많이 회복한 상태였다.

　연평왕부에서 머무는 동안 철담협개의 도움으로 황궁 어
의인 귀곡신의 채옹의 진료를 받게 되었다. 웬만한 황족이나

고관대작들조차 진맥 한 번 받기 어렵다는 명의 덕분에 몸속에서 발작을 일으킨 자고를 진정시킬 수 있었다.

물론 원인 역시 설명받았다.

희세에 보기 드문 귀물인 자웅독고가 심령에 끼치는 영향과 해로운 점을 아주 세세하게 얘기 들었다. 앞으로 더욱 심해질 자고의 발작을 완전히 해결할 수 있는 유일한 방법과 함께.

'허탈하구나! 그동안 내가 한 사람에게 품어왔던 마음이 고작 해야 자웅독고란 미물이 일으킨 농락에 불과했다니……'

평생 처음이었다.

검 외에 다른 것에 마음을 빼앗겨 본 것은.

그래서 내심 기뻤다. 종종 지독한 고통이 수반되곤 했으나 전혀 개의치 않았다. 이런 것이 바로 여인으로 태어나 진실로 얻을 만한 기쁨이라 여겼기 때문이다.

그런데 그 모든 것이 거짓이란다. 엽자건의 뒤를 따르며 항상 느껴왔던 설레임도 고통도 모두 조작된 것이었다고 한다.

말도 안 되는 소리다.

남궁수는 맨 처음 격렬히 거부반응을 일으켰다. 도저히 있을 수 없는 일이라 생각했다. 절대 믿고 싶지 않고, 믿을 수도 없는 일이었다.

하지만 그녀는 또한 알고 있었다.

이 모든 것이 사실이라는 것을. 귀곡신의 채옹이 그녀에게 거짓말을 할 이유가 없다는 것을.

서성거리는 발걸음!

남궁수는 채옹이 마지막으로 한 말을 떠올리며 낯빛을 더욱 우울하게 물들였다. 자신의 병증을 완쾌시킬 유일무이한 방도가 그녀를 곤란하게 만들고 있었다.

음양합일(陰陽合一)!

채옹이 명쾌하게 내놓은 치료 방법이었다.

본래 묘족에게서 나온 물건이 자웅독고였다. 이미 심맥 깊숙한 곳에 자리 잡고 몸과 융화되었으니 억지로 죽이거나 배출시킬 수는 없었다. 오로지 본래 한 쌍인 자고와 웅고의 회포를 풀어주는 것으로 다시 잠재울 수 있을 뿐이었다.

즉, 남궁수가 더 이상 몸 안에 불안 요소를 남기지 않은 채 완쾌되려면 웅고를 지니고 있는 것으로 추정되는 엽자건과 몸을 섞어야만 했다. 그와 하나가 되어서 한 쌍의 정다운 원앙이 되어야만 하는 것이다.

화끈!

남궁수의 하얀 얼굴이 은은하게 달아올랐다. 가슴 역시 가볍게 뛰논다.

'정말 부끄럽구나!'

남궁수는 손바닥으로 살짝 심장 부위를 누르며 내심 고개를 가로저었다. 도대체 어쩌다가 자신이 이런 꼴이 되었는지 생각하는 것만으로도 어처구니없고 화가 났다. 피할 수만 있다면 어떤 희생을 치러서라도 그리하고 싶었다.

그때였다.

정원 일대를 목적없이 서성이던 남궁수의 눈에 갑자기 가벼운 이채가 스쳐 갔다.

저 멀리 환상적인 움직임으로 연평왕부의 외곽 담을 뛰어넘어 오는 비조가 있었다. 구천세야라 불리던 연평왕이 납치된 후 경계가 열 배는 엄중해진 연평왕부임을 생각하지 않더라도 대담하기 이를 데 없는 침입이었다.

그러나 어째서일까?

남궁수는 휘파람을 불어 주변 환기를 시키지 않았다. 비조가 향하는 방향이 자신이 있는 별채 쪽임을 직감적으로 눈치챈 까닭이었다.

'철담협개 선배님께서 돌아오시는 것인가?'

연평왕부에 몸을 의탁한 후 철담협개는 매우 바쁘게 움직였다. 남궁수를 치료하기 위해 채옹을 거의 납치하다시피 데려오고, 부근 개방도들을 집결시켜서 정보를 모으느라 분주했다. 어떻게든 엽자건이 도착하기 전에 그럴듯한 밑그림을 만들어내기 위해 동분서주했다.

물론 병증이 깊었던 남궁수로선 자세한 사항까진 알지 못했다. 그냥 자신을 북경까지 호위해 준 무림의 큰 어른에게 깊은 은의를 가슴속에 품었을 뿐이었다.

그때 남궁수의 예상을 뒤집기라도 하려는 듯 담을 뛰어넘어 빠르게 움직이던 비조가 방향을 잘못 잡았다. 당장 천지가 진동할 듯 난리가 벌어진 것은 불 보듯 뻔한 일이었다.

"침입자다!"

"침입자가 외원 담을 넘었다!"

마침 번을 돌고 있던 왕부 호위무사들의 입에서 경호성이 터져 나왔고, 곧 사방에서 호각 소리가 터져 나왔다.

삐익! 삑!

완전히 잠들어 있다고 여겼던 연평왕부는 곧바로 대낮 같이 환하게 돌변했다. 언제 어둠 속에 침잠되어 있었냐는 듯 활발하게 깨어났다. 아무래도 비조가 되어 담을 넘은 침입자에게 꽤나 큰 시련으로 작용할 게 분명해 보였다.

남궁수는 내심 고개를 가로저었다.

그녀가 발견한 비조의 움직임은 가히 초절정의 경지를 뛰어넘는 것이었다.

비록 근래 연평왕부에 고수들이 많이 모여들었고 경계가 잔뜩 강화되었다곤 하나 저 정도의 신법을 지닌 자를 곤란하게 만들기란 결코 쉽지 않았다. 혹시 연평왕부 내에 그녀가 모르는 비밀 고수라도 있다면 몰라도 말이다.

과연 요란한 소란 통 속에서도 비조는 그리 어렵지 않게 연평왕부의 수많은 고루거각들 사이를 뛰어다녔다. 움직임이 표홀하면서도 세심한 것이 필경 무언가를 찾고 있음이 분명했다. 그렇지 않고서야 저만한 신법으로 이런 난리판을 펼치고 있을 리 만무했다.

'철담협개 선배님은 아니다! 그렇다면 누굴까?'

남궁수는 내심 염두를 굴리다 청려한 아미를 미묘하게 찡그려 보였다.

두근!

문득 그녀의 심장이 뛰놀았다.

별다른 이유 없이 그런 일이 벌어졌을 리 만무하다.

"그다!"

깊이 생각해 볼 필요도 없었다. 곧바로 남궁수는 방금 전까지 자신을 깊은 번민 속에 몰아넣었던 한 사내의 얼굴을 떠올렸다.

그럼 그는 왜 이 한밤중에 연평왕부를 찾은 것일까?

두근! 두근! 두근!

남궁수는 생각을 거듭할수록 가슴이 뛰놀아 일시 숨조차 쉴 수 없을 지경이 되었다. 부끄러운 생각에 얼굴 역시 조금 전보다 더욱 붉게 물들어 있다.

그러나 그녀는 이미 이런 일이 벌어질 경우에 대비해 채웅에게 전수받은 증상 억제 방법을 알고 있었다.

한차례 호흡을 가다듬는 것으로 마음을 무념무상의 상태로 비운 그녀가 얼른 구유한백신공을 운기해 심맥을 차갑게 얼렸다. 그렇게 함으로써 심장 속에 자리 잡은 자고를 일시 혼절시켜 버린 것이다.

"괜찮아졌다!"

기쁨보다는 씁쓸함이 더욱 진했다.

그런 마음이 된 채로 남궁수는 점차 주변을 뒤집어놓으며 자신을 향해 다가들고 있는 비조를 눈으로 가늠했다.

대충 이백 보가량이랄까?

비조와의 거리가 좀 전보다 현저히 줄어들었음을 눈치챈 남궁수가 문득 맑은 휘파람 소리를 냈다. 전장에 참가한 천룡영웅대 사이의 신호로 자신이 있는 장소를 알린 것이었다.

*   *   *

심령으로 파고든 맑은 휘파람 소리!

귀에 익다.

고루거각 사이를 잽싸게 넘나들고 있던 엽자건의 눈에 이채가 어렸다. 드디어 연평왕부 전체를 발칵 뒤집어놓은 보람을 느낄 수 있게 된 까닭이었다.

'거기 있었군.'

엽자건의 신형이 일순 긴 선으로 바뀌었다.

궁신탄영?

그런 게 아니라 부풍무영을 극한까지 발휘한 결과였다.

스으!

순간적으로 엽자건의 신형이 앞을 가로막고 있던 고루거각을 두 개나 뛰어넘었다. 그를 따라 정신없이 움직이던 왕부 호위무사들로선 어이가 없는 심정이 될 따름이다. 일시 자신들이 뭘 뒤쫓고 있었는지도 분별할 수 없게 되었기 때문이다.

그만큼 진심이 된 엽자건은 빨랐다. 은밀했다.

단숨에 자신의 신형을 어둠 속에 감춘 채 엽자건은 익숙한 휘파람이 지정하는 방향을 향해 신형을 날렸다. 더욱 부풍무영의 속도를 높였음은 물론이었다.

슥!

결국 초고속의 움직임으로 엽자건이 남궁수 앞에 모습을 드러냈다. 공중에서 한차례 공중제비를 돈 후 거짓말처럼 떨어져 내렸다.

"여!"

엽자건이 손을 들어 보이자 남궁수가 멈칫거리는 표정으로 한 걸음 뒤로 물러섰다. 표정이 미묘하다. 반가움과 망설임이 빠르게 교차하고 있었다.

"어째서 이곳에……"

"어째서일까?"

반문과 함께 엽자건이 손으로 뒤통수를 긁적거렸다. 자신 역시 궁금했다. 어째서 이 밤중에 굳이 그녀를 만나기 위해 연평왕부까지 달려온 것인지 말이다.

하지만 지금 중요한 것은 그런 게 아니었다.

삐익! 삑!

잠시 잠깐 만에 사방에서 호각 소리와 함께 무수히 많은 불빛들이 몰려들었다. 엽자건이 초고속의 부풍무영으로 번 여유는 그리 길지 못했다.

"일단 몸을 숨기는 게 우선이겠군."

"제 처소로 가시죠?"

"아니, 거긴 곤란하오."

"그럼?"

"부근 지리에 대해서 좀 아시오?"

"조금만 알고 있습니다."

"앞장서시오. 일단 이곳에서 벗어나는 게 급하니까."

"따라오시죠."

남궁수가 얼른 앞장섰다.

지금 이 상황에서 계속 엽자건의 얼굴을 보고 있는 건 그녀에게 너무 힘든 일이었다. 고문이었다. 차라리 먼저 몸을 움직이는 편이 낫다는 생각이 들었다.

잠시 후.

몰려드는 횃불의 물결을 피해 두 사람이 향한 곳은 외원의 외곽에 위치한 식당이었다.

평상시 무척 북적이는 곳이긴 하나 상관없었다.

지금은 밤이니 이곳을 맡은 숙수들조차 보이지 않았다.

슥!

먼저 고양이같이 은밀하게 식당에 숨어든 남궁수가 고개를 돌려 엽자건을 부르려다 흠칫 놀란 표정이 되었다.

어느새 이리 가까이 다가왔는가!

굳이 그녀가 신호를 보낼 것도 없이 엽자건은 바짝 다가서 있었다. 거의 숨결이 닿을락 말락 한 거리까지.

"이, 이곳이라면 새벽까지는 괜찮을 겁니다."

"과연, 이만한 규모의 식당이라면 아직까진 여유가 있겠군. 숨을 장소도 꽤 많은 편이고."

"그렇습니다."

남궁수가 여전히 정중한 대답과 함께 슬그머니 엽자건과의 거리를 벌렸다.

심장의 동통!

지금은 괜찮다. 자고가 혼절해 있는 상태라 엽자건을 눈앞에 두고서도 별다른 고통이 느껴지진 않았다.

하지만 마음은 다르다.

자고가 잠들어 있는 상황임에도 남궁수는 엽자건을 계속 의식하고 있었다. 그가 부담스러웠다. 급박하던 도주가 끝나자 다시 그와 함께 있다는 사실을 자각하게 되어버렸다.

'부끄럽구나! 내 이런 모습이 정말 부끄러워⋯⋯.'

내심 당황해하는 남궁수에게 문득 엽자건이 시선을 던졌다. 그 역시 눈빛이 평소와는 많이 다르다.

"얘기는 들었소."

"예?"

"내가 이곳을 어찌 알고 찾아왔겠소? 이미 철담협개 선배님을 만나서 남궁 조장의 병증에 대해 전해 들었소."

"……."

남궁수의 얼굴이 다시 빨개졌다.

다행스런 점은 식당 내부가 칠흑같이 어둡다는 거다.

그렇지 않았다면 그녀의 이 같은 얼굴색 변화는 하나도 빠짐없이 엽자건에게 들통났을 터였다.

엽자건이 시선을 외면하려 하는 남궁수에게 말을 이었다.

"그런데 한 가지 궁금한 점이 있었소."

"무엇… 인지요?"

"어째서 남궁 조장과 달리 나는 자웅독고의 영향을 받지 않는가였소."

"그건……."

"철담협개 선배님과 나는 한참 궁리한 끝에 한 가지 가정을 생각해 냈소. 내가 익힌 무공 중 자웅독고를 제어하는 기운을 지닌 게 있다는 것이었소."

"…그, 그렇군요."

남궁수 역시 그 점에 대해선 궁금증을 느끼고 있던 터였다. 엽자건이 도출해 낸 해답이 나름 그럴듯하다 여겨졌다.

"그래서 한참 고심한 끝에 나는 한 가지 해답을… 쉬잇!"

"……."

계속 말을 잇던 엽자건이 갑자기 식지를 입에 가져다 대곤 남궁수에게 얼른 수신호를 보냈다. 식당 쪽으로 일단의 무리가 다가들고 있는 낌새를 눈치챈 까닭이었다.

남궁수 역시 뒤늦게나마 그 같은 기척을 간파했다.

'고수들이다! 무위가 상당한 자들인 걸로 볼 때 연평왕부의 무사들이 아니라 이번에 초청한 무림 고수들이겠구나!'

근래 연평왕부에 초청된 무림 고수는 적지 않았다.

일류를 뛰어넘는 수준의 인물들만 해도 족히 수십 명이 넘었다.

개중 몇 명은 절정 급의 무위를 지닌 정사 중간의 인물들이었는데, 남궁수는 그들과 인사를 나눈 바 있었다. 한마디로 그들에게 엽자건과 함께 있는 장면을 들켜선 매우 곤란했다.

슉!

그때 잠시 기척을 살피던 엽자건이 다시 남궁수에게 수신호를 보이곤 먼저 움직였다.

널찍한 식당의 한켠.

들어설 때부터 내심 눈여겨봐 뒀던 큼지막한 나무 밥봉이 있는 장소 쪽이었다. 한꺼번에 수백 명이 넘는 인원이 식사를 하는 만큼 사람 한둘쯤은 수월하게 몸을 숨길 수 있을 만한 크기였기 때문이다.

'저곳에 함께 들어가자는 건가?'

남궁수는 잠시 고심했다.

비록 무림의 여인이라 하나 남녀가 유별하다는 걸 모르진 않았다. 이런 식으로 비좁은 장소에 사내와 함께 몸을 숨긴다는 게 망설여지지 않을 수 없었다.

아니다.

그런 게 문제가 아니었다.

상대가 엽자건이라는 점이 진짜 그녀를 곤란하게 만들었다. 자웅독고에 대한 사실을 안 그와 한 공간에 자리해야 한다는 점이 싫었다.

그러나 엽자건이 내린 결정을 따르지 않을 수도 없었다. 곧 식당 안으로 절정 급의 고수들이 들이닥치면 홀로 이곳을 찾은 것에 대한 변명거리를 찾기 힘들 터였기 때문이다.

스슥!

결국 남궁수가 포기하는 심정으로 엽자건을 따라 밥통 속으로 뛰어들었다. 막 식당의 문이 열리기 직전의 일이었다.

'하악!'

밥통 속에 뛰어들자마자 남궁수는 살짝 입을 벌렸다.

그럴 수밖에 없었다.

밥통 바닥에는 먼저 뛰어든 엽자건이 바짝 몸을 웅크리고 있었다. 그의 덩치가 그리 작지 않은 터라 허리와 엉덩이를 최대한 바닥에 밀착한 상태였다.

남궁수는 그 위에 떨어져 내렸다.

완벽하게 몸을 숨기기 위해선 어쩔 수 없이 엽자건에게 안기는 듯한 자세가 될 수밖에 없었다. 재빨리 손과 발에 힘을 줘서 몸끼리 닿지는 않게 버텼지만 얼굴과 얼굴이 거의 맞닿는 상태까지 피하는 건 무리였다.

[조금만 참으시오. 이런 한적한 식당을 꼼꼼히 살필 만큼 여유들은 없을 테니까.]

[알… 겠습니다.]

남궁수는 귀를 간지럽히는 엽자건의 전음입밀에 온몸의 솜털이 단체로 일어서는 느낌을 받았다.

그저 살갗끼리 닿지만 않았을 뿐이다.

두 사람은 서로 포개지듯 안겨 있는 상황이었다. 어쩔 수 없이 이리되었다곤 하나 정신이 아찔하고 당황스러워서 어찌할 바를 모를 것 같았다.

*　　　　*　　　　*

관제묘(關帝廟).

악왕묘와 더불어 중원 천지에 가장 많이 분포되어 있는 사당으로, 개방도들은 종종 이곳을 회합의 장소로 삼곤 했다. 밤이 되면 사람의 인적이 끊기는데다 돈 한 푼 받지 않고 이슬을 피하기엔 더할 나위 없이 좋은 장소였기 때문이다.

타닥! 탁! 탁!

눈앞에서 활활 타오르고 있는 모닥불.

그 위에는 큼지막한 개 한 마리가 자글거리는 기름을 뚝뚝 떨궈가며 구워지고 있었다. 방금 전 북경 일대의 개방 분타주인 일수풍개가 잡아온 똥개였다.

기다란 작대기로 개방 비전의 홍구육 만들기에 여념이 없는 일수풍개를 힐끔 바라본 철담협개가 문득 입가에 한숨 하나를 만들어냈다.

"에휴우! 내가 그야말로 지지리 복도 없는 늙은 거지로구나! 하긴 자식 복 없는 놈이 손녀 사위 복이라고 있을 리가 없지……."

한탄의 이유는 자명했다.

철담협개는 근래 연이틀에 걸쳐 북경 일대 개방도들을 집결시켜 연평왕과 병부, 오군도독부 등의 움직임을 감시케 하고 있었다. 필시 그들의 움직임에 따라 자금성에 연금되어 있는 곤왕 유대유의 운명이 결정될 것이란 판단이었다.

그 와중에 귀곡신의 채옹을 불러서 남궁수를 치료케 했는데, 억장이 무너지는 소리를 듣게 되었다. 남궁수가 중독된 자웅독고를 억제시키기 위해선 반드시 엽자건과 음양합일을 해야만 한다는 사실을 전해 들은 것이다.

엽자건은 그가 처음 봤을 때부터 점찍은 손녀 사위였다.

평생을 불의와 타협하지 않고 의협의 인생을 살아온 그가 유일하게 욕심을 냈던 일이기도 했다.

그런데 갑자기 말도 안 되는 이유로 빼앗기게 생겼다. 다른 누구도 아닌 승룡검군 남궁황의 손녀에게 말이다.

'차라리 남궁수, 그 아이가 못돼먹은 녀석이었다면 좋았을 것을. 어째 우리 가흔이 녀석보다 훨씬 예의 바르고 괜찮은 녀석이더란 말인고.'

북경까지의 여행길 중 철담협개는 병에 시달리는 남궁수와 자연스레 정이 들었다.

어쩌다 보니 그리되었다. 평상시와 달리 병약한 몸이었음에도 줄곧 예의 바른 모습으로 철담협개의 수발을 자처한 그녀의 모습에 어찌 감동하지 않을 수 있겠는가.

게다가 철담협개를 낙담시킨 건 그것뿐만이 아니었다.

바로 조금 전 회합을 하고 있던 관제묘에 엽자건이 불쑥 모습을 드러내 남궁수의 안위를 물었다. 철담협개에게 그녀를 맡길 때와는 확연히 달라진 표정이었다. 아주 지극한 관심이 얼굴에 줄줄 흘러넘치고 있었다.

이쯤 되면 철담협개로서도 더 이상 우길 수가 없다.

본래 남녀상열지사(男女相悅之詞)란 것이 다 그렇다. 모든 게 인연이니, 누군가의 욕심으로 어찌해 볼 수 있는 게 아니었다. 그런 이치쯤은 아주 오래전부터 알고 있었다.

'에잉, 가흔, 요 헛똑똑이 녀석 같으니라구! 이번에 전쟁터

에서 돌아오면 당장 진풍 녀석한테 시집이나 보내 버릴 테다!'

제자 목진풍.

항상 어리버리하던 녀석이 엽자건을 쫓아 천룡영웅대의 조장을 차지하더니, 꽤나 듬직해졌다. 무공 역시 일취월장하여 이젠 충분히 후개의 지위를 맡겨도 될 듯싶었다. 엽자건하곤 여전히 비교가 되지 않지만 말이다.

그때 평생 제일 맛 좋은 홍구육 만들기에 도전하고 있던 일수풍개가 쪼르르 철담협개에게 다가들었다.

시커먼 양손이 어느새 파리라도 된 양 비벼지고 있었다. 엽자건이 다녀가며 한마디 툭 던진 것 때문에 꽤나 철담협개의 눈치를 보는 그였다.

"방주님, 개고기가 잘 익혀졌습니다. 어서 드시지요."

"술도 있나?"

"삼십 년 묵은 소홍주로부터 매화주, 백주, 모태주 등을 각기 한 동이씩 준비해 놨습니다. 하도 오랜만에 모신지라 취향을 잘 모르겠어서……."

"과연 그렇군!"

"…예?"

일수풍개가 뜨끔한 표정이 되었다. 드디어 올 것이 왔다는 생각이 든 까닭이다.

"역시 북경은 풍족한 곳인 것 같으이? 하긴 천하의 대도이니 당연한 일일 테지. 하지만 말일세. 적당히 자시게. 그렇지 않으면 중간에 크게 경을 치게 될 테니 말일세. 알겠는가?"

"무, 물론입니다!"

일수풍개가 얼른 고개를 주억거렸다. 철담협개가 그동안 그가 흑방의 돈을 받아 챙긴 일을 적당히 넘어가 주려 한다는 언질을 줬다. 어찌 목청을 높이고 충성스런 표정을 지어 보이지 않을 수 있겠는가.

착각이었다.

오히려 철담협개는 속으로 결심을 확실히 하고 있었다. 이번 일이 끝난 후 북경 분타주 자리를 다른 적당한 거지에게 넘기기로 말이다. 언제 손녀 사위 문제로 고민했냐는 듯 지금은 일방지주답게 정치적이며 효율적으로 처신하고 있었다.

"고기 먹세."

"예! 예예예예!"

일수풍개가 즐거이 대답한 후 주변의 다른 거지들을 불러 모았다.

개방의 전통 중 하나가 뭐든지 함께 먹고 함께 마시는 것이었다. 신분의 고하가 없었고 차별 역시 없었다. 주린 배를 채우는 것으로부터 방의 역사가 시작된 까닭이었다.

잘 구워진 개고기를 향해 몰려드는 거지들을 눈으로 살피며 철담협개가 눈빛을 침중하게 가라앉혔다.

'흐음, 수일 안에 자금성에 침투할 방도를 찾았다고? 앞으

론 병부와 오군도독부뿐 아니라 동창의 움직임까지 알아보게
해야 할 터이니, 우리 거지들의 고생이 말로 표현하지 못할
지경이 되겠구나……'

이번 북경 사태!

자칫 잘못하면 피를 피로 씻는 혈사가 될 터였다. 지금 철
담협개의 눈앞에 있는 북경의 개방 거지들이 그중 상당 부분
을 차지할지도 모르니 마음이 편할 리 만무했다.

협의의 길이 항상 그렇다.

어렵고 고뇌에 찬 결단을 하게 만들곤 했다. 친인들의 희생
에 고개를 돌리게끔 했다.

어쨌거나 일수풍개가 만든 홍구육은 제법 맛있었다.

술 역시 풍족했다.

지금은 열심히 즐길 때였다. 향후 벌어질 일을 잠시 한켠으
로 제쳐 놓고서 말이다.

　　　　　　　*　　　　　*　　　　　*

맨 처음 예상했던 대로였다.

잠시 만에 식당 안으로 일단의 무림인들이 들어섰다. 손에
손에 횃불을 든 삼 인의 독특한 인물들이었다.

순식간에 훤하게 밝아져 오는 식당 내부.

어둠 속에 잠겨 을씨년스러움을 한껏 풍기고 있던 식당 안

을 꼼꼼하게 살피던 자들 중 한 명이 투덜거리듯 말했다. 사십대 정도의 나이에 멋지게 기른 콧수염이 인상 깊은 검객이었다.

"과연 잘도 이런 곳을 찾아서 왕부의 담을 뛰어넘는 자가 있겠구려!"

장년 검객의 말을 받는 이, 빼빼 마른 몸집에 승포를 걸친 붉은 얼굴의 화상이다.

"어허, 용 대협, 화 표국주께서 이 부근에서 사람이 움직이는 흔적을 발견했다질 않소이까? 사람이 숨기엔 이곳만큼 좋은 곳이 없으니 확인 차원에서 들른 것도 나쁘진 않을 거외다."

"풍오 두타도 참 사람이 좋구려. 이 야밤에 잠을 설치며 뛰쳐나온 것만 해도 기분이 나쁜데, 화 표국주의 면을 그리 세워주시는 걸 보면 말이오."

엽자건이 어둠 중에 눈을 빛냈다.

'용 대협, 화 표국주, 풍오 두타라! 하북 일대에서 제법 이름난 검객인 묘검객(妙劍客) 용대성과 천진(天津) 일대에서 활동하는 천마표국(天馬鏢局)의 주인인 위진백변장(威震百變掌) 화목승, 태행산(太行山)에서 활동하는 독각대도 출신의 요승(妖僧) 풍오 두타가 한자리에 모인 것인가? 흠, 과연 연평왕부란 건가?

묘검객 용대성, 위진백변장 화목승, 요승 풍오 두타!

구파일방이나 팔대세가에 포함되진 않았으나 나름대로 무림에서 내로라하는 명성을 지닌 절정고수들이었다. 비록 철담협개와 비교할 수는 없으나 남궁수보다는 결코 못하지 않은 인사들이라 할 수 있었다.

문득 엽자건의 뇌리를 스치는 생각이 있었다.

'그러고 보니 용대성은 검법 외에 추종술에 일가견이 있고, 화목승 역시 표국주답게 흑도나 녹림, 사파 사이의 알력이나 관계에 해박하고 발이 넓다. 풍오 두타 같은 경우는 독이나 기타 방술(傍術)에 밝다고 알려져 있고. 향후 납치된 연평왕의 추격대는 이들이 중심에 서게 되겠구나.'

당연한 유추였다.

남궁수를 만나러 왔다가 예상외로 아주 좋은 사실을 알아냈다는 생각이 들었다.

그때 한마디 말도 없이 식당 안을 살피던 화목승의 목소리가 들려왔다.

"용 대협, 풍오 두타, 저기 나무로 된 밥통이 신경 쓰이지 않으시오?"

"밥통?"

고개를 갸웃해 보이는 풍오 두타와 달리 용대성은 금세 화목승이 한 말의 진의를 눈치챘다. 어둠 중에 눈빛이 차갑게 번뜩인다.

"그러고 보니 저만한 크기면 사람 두어 명가량은 충분히 몸을 숨기고도 남음이 있겠구려?"

"그렇소이다. 어차피 이곳까지 발걸음을 했으니, 저곳이나 한번 살펴본 연후에 돌아가도록 합시다."

"그럴까요?"

두 사람은 말을 나누며 천천히 밥통 쪽으로 다가들었다. 일부러 전음입밀을 사용치 않는 것만으로도 속내를 알 수 있을 듯하다.

'재밌는 자들이군. 하긴 저만치 재능있고 노련한 자들이 아무런 확신도 없이 이런 한적한 식당까지 찾아오진 않았을 테지. 필경 나와 남궁 조장이 이동하며 남긴 흔적을 따라왔을 게야.'

내심 염두를 굴리는 엽자건의 귓전으로 남궁수의 전음이 흘러들어 왔다.

[제가 먼저 나가서 돌파하도록 하겠습니다.]

[괜찮소.]

[하지만……]

남궁수가 뭐라 반박하려 할 때였다.

갑자기 식당 밖에서 작은 소리가 들려왔다. 최소한 절정 급의 고수가 아니면 간파할 수 없을 만큼 은밀하면서도 교묘한 움직임이 포착된 것이었다.

물론 현재 식당에 들어선 자들 중 절정 급이 아닌 자는 단한 명도 없었다.

뿐만 아니라 바짝 신경을 긴장하고 있었던 터.

소리가 들려오자마자 품(品) 자 형태로 밥통을 좁혀들어 오고 있던 세 고수가 바람같이 식당 밖으로 튀어나갔다. 그들 중 어느 누구도 연평왕부에 초청된 후 첫 번째 대공을 세울 기회를 놓치려 하지 않았다.

'좋아!'

엽자건이 내심 고개를 끄덕이곤 자신의 몸 위에 거의 포개져 있는 상태인 남궁수에게 나직하게 말했다.

"이젠 밖으로 나가도 될 거요."

"…예."

남궁수가 기어들어 가는 듯한 대답과 함께 엽자건에게서 떨어져 나갔다. 뚜껑을 열고 밥통 속에서 빠져나간 것이다.

그 뒤엔 엽자건 차례였다.

역시 표홀한 동작으로 남궁수의 뒤를 쫓아 밥통을 빠져나온 그가 가볍게 몸을 이리저리 움직여 보였다. 몸을 이루고 있는 용골에서 뿌득거리는 소리가 인다.

"……."

남궁수가 묵묵히 그런 엽자건을 지켜보다 입가에 가벼운 한숨을 매달았다.

이젠 더 이상 심장이 아프지 않다.

심맥이 마비되었으니 당연하다. 그런데 어째서 엽자건을 바라보는 마음은 아려오는가! 설마 이런 감정조차 조작된 것이란 말인가? 빠져나올 수 없는 혼란이다.

그때 가볍게 몸풀기를 끝낸 엽자건이 남궁수에게 시선을 맞췄다.

그녀의 속내를 읽기라도 한 것일까?

그의 눈빛은 평상시와 비교할 수 없을 만큼 진지했다.

"남궁 조장, 지금부터 내가 한 가지 구결을 전수해 줄 것이오. 이는 소림사의 비전이니 결코 타인한테 누설해선 안 될 것이오. 내게 약속해 줄 수 있겠소?"

'무공 전수?'

남궁수의 얼굴에 긴장한 표정이 어렸다. 엽자건이 놀랍게도 자신에게 소림사의 신공을 전수할 의향을 내보인 까닭이었다.

"그런 표정으로 바라볼 필요는 없소. 남궁 조장과 나는 전우이기에 내가 해줄 수 있는 일을 해줄 뿐이니까."

"단지 그뿐이신 건가요?"

"그렇소."

엽자건의 대답은 냉정했다. 반드시 그래야만 했다.

그러나 남궁수는 믿지 않았다. 자신을 향하고 있는 엽자건의 뜨거운 눈동자에 담긴 진심이 확연할 만큼 느껴져 왔기 때문이다.

'그러고 보면 나와 달리 천룡위주는 전혀 자웅독고의 영향을 받지 않았었다. 그건 아마도 그가 익힌 소림사 신공에 그

원인이 있는 게 분명할 터!'

이미 귀곡신의 채옹에게 비슷한 얘기를 들은 터였다.

곧바로 엽자건의 의중을 간파한 남궁수가 갑자기 바닥에 털썩 엎드려 고두했다. 엽자건의 가르침을 제자의 기분으로 받아들이겠다는 의지 표명이었다.

'역시 무공에 관해선 진지하단 말야!'

내심 흡족하게 고개를 끄덕인 엽자건이 전음입밀을 통해 남궁수에게 세수경의 구결을 전하기 시작했다. 그 외엔 다른 어떤 것도 자응독고같이 괴이한 고독을 제어할 수 있을 리 없다고 판단을 내린 까닭이었다.

그렇게 한참의 시간이 흘러갔다.

기이하게도 연평왕부를 발칵 뒤집어놨던 소란은 점차 진정 국면으로 전환되고 있었다. 식당을 떠난 삼대 고수 역시 다시 돌아오지 않았다. 꽤 많은 시간이 흘렀음에도 그러했다. 필시 그들을 붙잡아놓을 만한 사건이 발생했음이 분명하다.

그사이 엽자건은 세수경 구결 전수를 끝냈고, 남궁수는 깊은 참오에 빠져들었다.

이미 상당한 경지의 무공을 닦은 그녀다.

쉽사리 무공이 진보할 수 없는 상황이라 할 수 있었다.

세수경은 달랐다.

평생 처음으로 접한 불가 무공의 대종은 그녀를 일시 몰아의 경지로 몰아넣었다. 아주 잠깐 사이 대성을 앞두고 정체된 채 심마를 양산해 내고 있던 구유한백신공에도 지대한 영향을 끼쳤다. 드디어 아주 힘든 한 걸음을 떼어놓게 만든 것이다.

그런 그녀의 깨달음을 엽자건은 곁에서 묵묵히 지켜봤다.

표정이 더할 나위 없이 부드럽다.

전장을 휘젓고 다니던 때의 그와는 완전히 달랐다.

잠시뿐이었다.

일정한 깨달음과 함께 몰아지경에서 빠져나온 남궁수에게 엽자건이 무심하게 물었다.

"얻은 것이 있었소?"

"예."

"그럼 나는 이만 가도록 하겠소. 그동안 보중하도록 하시오. 특히 손목에는 더욱 신경 쓰고."

"……."

남궁수가 말릴 새도 없었다.

그녀에게 한차례 손을 흔들어 보인 엽자건이 한줄기 바람으로 변해 식당을 빠져나갔다. 마치 처음부터 존재조차 하지 않았던 것처럼 그리했다.

"이번에도 바람같이 왔다가 바람처럼 가시는가. 한마디 말도 없이……."

남궁수의 처량한 목소리가 뒤늦게 흘러나왔다.

심마에서 벗어나 무학의 새로운 경지에 한 걸음을 내딛었으나 전혀 기쁘지 않았다. 오히려 답답해져 왔다. 문득 그동안 엽자건과 이어져 있던 고리 하나가 끊겨 버렸다는 생각이 든 까닭이었다.

第六十八章

백룡선안(白龍禪眼)

少林棍王
소림곤왕

정오.

뜨거운 태양이 대지 위로 쏟아져 내리는 시간이 되었음에
도 풍월루는 문을 단단히 닫아걸고 있었다.

이유는 단순하다.

전날 이곳에서 벌어진 모종의 사건으로 인해 이곳의 주인
인 묘선랑이 오늘 하루 주루를 휴업하기로 결정했기 때문이
다.

쾅쾅쾅!

남빈로 흑방의 우두머리인 독목혈랑 이대취는 기운차게

풍월루의 대문을 두들겨 댔다. 그의 뒤에는 한 떼의 사람들이 잔뜩 모여 있었는데, 밤새 남빈로 일대를 돌아다니며 모아온 잡극 배우들이었다.

전날 송지하에게 구타를 당한 여파가 그대로 남은 얼굴.

아주 볼썽사납다.

그나마 다행인 것은 그의 이런 모습을 구경하고 싶어 하는 자가 남빈로에 거의 없다는 점이었다.

하긴 어느 간담 큰 자가 지금 그의 곁을 서성거리겠는가!

남빈로 사람들은 혹시라도 자신에게 불똥이 튈까 봐 풍월루 주변에 얼씬도 하지 않았다. 이미 전날 벌어진 사건이 일대에 쫙악 소문난 까닭이었다.

뒤늦게 풍월루의 문이 열렸다.

퍽!

점소이 아길의 얼굴에 주먹이 꽂혔다. 대낮부터 또다시 봉변이다.

그러나 아길은 코피를 줄줄 흘리며 얼른 고개를 주억거렸다. 송지하에게 덤벼들었던 것과는 완전 딴판이다. 이대취의 더러운 성질을 알기 때문이었다.

이대취 역시 조심하긴 마찬가지다. 그의 목소리에는 조심스러움이 묻어 나오고 있었다.

"귀인들께서는 지금 뭐 하시고 계시냐?"

"저기 그것이……."

아길이 잠시 망설였다. 진실을 있는 그대로 말했다가 다시 이대취의 주먹이 날아들까 와락 걱정이 되었다.

꿈틀!

이대취의 인상이 험상궂게 변했다. 얼굴에 피멍이 가득하다 해도 여전히 위협적이다.

"뒈질래?"

아길이 망설임을 포기했다.

"한 분은 새벽 일찍부터 밖에 나가셨구요, 다른 분들은 아직 기침 전이십니다요."

"묘선랑은?"

"마찬가지로 아직 기침을 하지 않으셨······."

"그년, 밤새 술 폈냐?"

"···예."

기어들어 가는 듯한 아길의 대답에 이대취의 안색이 와락 일그러졌다.

사내 얼굴을 아주 많이 밝히는 계집이다.

평상시에도 반반한 사내놈만 보면 침을 질질 흘렸는데, 엽자건이나 송지하 같은 미남자를 보고 그냥 넘어갔을 리 없다. 아주 속곳까지 벗어 던지고 덤벼들었을 게 분명하다.

'우라질 년! 서방은 죽기 일보 직전까지 처맞고 밤새 잡극 배우들 모으러 발바닥에 불이 나도록 싸돌아 다녔는데, 그새 바람을 펴!'

주먹에 절로 힘이 들어간다.

당장 풍월루로 달려들어 가 바람 피운 연놈을 모조리 잡아 죽이고 싶었다. 그리하지 않고선 결코 앞으로 남빈로에서 얼굴을 들고 살지 못할 것 같았다.

그러나 어제 좀 많이 얻어맞았다.

평생 동안 맞은 걸 몽땅 합쳐도 그만큼이 안 될 터였다.

부르르!

한차례 주먹에 힘을 쥐어 보인 이대취가 속에서 이는 천불을 꾹 눌렀다. 목숨은 소중한 것이었기 때문이다.

그때다.

그의 뒤에서 익숙한 목소리가 들려왔다. 아니다, 그보다는 결코 잊을 수 없는 목소리였다.

"늦었군. 제대로 된 자들이 아니라면 오늘 각오 좀 해야 할 거야."

"커헉!"

이대취가 숨 넘어가는 기침과 함께 얼른 정자세를 취했다. 자동이다.

그사이 평상시처럼 근사한 백색 무복 차림인 송지하는 배우들을 살피고 있었다.

그가 목표로 하는 건 황궁연회였다.

비록 엽자건이 있다곤 하나 다른 배우 역시 결코 수준이 떨어져선 곤란했다. 황제와 온갖 고관대작들의 마음에 들어서 자금성 안에 머물 기회를 잡아야만 했기 때문이다.

'흠, 이만하면 제법 쓸 만한데…….'

역시 이대취를 찾은 것은 탁월한 선택이었다.

본래 가난한 예인들이 잔뜩 집결해 있는 남빈로답게 그가 모아온 배우들의 수준은 나쁘지 않았다. 엽자건이란 초일류 예인이 함께하는 만큼 확실하게 황궁연회에 참가할 자격을 얻을 수 있을 듯했다.

짝! 짝!

두어 차례 박수로 자신의 마음을 표시하던 송지하의 입가에 반가운 미소가 어렸다.

밖이 시끄러워서였을 것이다.

풍월루 이층에서 엽자건이 천천히 걸어 내려오고 있었다. 아직도 숙취에서 깨어나지 못하고 있는 이염과 달리 그의 표정은 생생했다. 사실은 새벽에야 풍월루로 돌아왔기에 꼬박 밤을 새운 셈이지만 겉으로 티가 나진 않았다.

"왔구만."

"왔소. 그런데 다른 분은?"

"아직도 침상에 뻗어서 일어나지 않더군. 밤새 술깨나 푼 모양이야."

"말술을 마시더구려. 이기지도 못하고서."

"홧술이지 뭐."

"홧술?"

"여기 루주한테 밤새 치근거리다가 헛물만 켠 모양이더 군."

"아하!"

송지하가 엽자건에게 다가가다 크게 웃어 보였다. 어젯밤 제대로 승부를 보지 못한 게 줄곧 마음에 걸렸었다. 마치 자신이 진 것 같았기 때문이다.

그런데 한낱 노류장화(路柳墙花)에 불과한 묘선랑에게 걸어차였다니!

향후 놀릴 거리가 무궁해지리란 생각이 들었다.

반면 이대취는 내심 환호작약하고 있었다. 대충 엽자건과 송지하의 얘기를 듣자 하니 묘선랑이 기특하게도 자신에 대한 정절을 지켰다고 한다. 방금 전까지 욕했던 것이 미안해질 만큼 기분이 흐뭇했다.

'예쁜 것! 앞으로도 내 많이 널 예뻐해 주리라! 아니지. 이번 일만 잘 끝나면 정식으로 혼례를 올리도록 할까?'

착각이었다.

묘선랑은 본의로 정절을 지킨 게 아니었다.

오히려 그녀는 어젯밤 어떻게든 정절을 깨고 싶었다. 엽자건이 후끈 달아오르게 만들고서 바람을 맞히지 않았다면 분명 그리했을 터였다.

현실은 시궁창이었다.

엽자건은커녕 돌아온 송지하조차 그녀를 거들떠보지도 않

왔다. 대신 이염이 지긋지긋할 만큼 치근덕거렸으나 이미 절세의 미남자들을 본 터였다. 평범한 사내만도 못한 외모를 지닌 이염에게 마음이 동할 리 만무했다.

적당히 이염에게서 몸을 빼낸 그녀는 오랜만에 횟술을 마셨다. 새벽까지 줄곧 마셔댔다. 정오가 되도록 풍월루를 열지 못한 건 바로 그 같은 사정 때문이었다.

엽자건이 송지하와 마찬가지로 이대취가 데려온 배우들을 꼼꼼하게 살피곤 만족스런 표정이 되었다. 하나같이 수준들이 괜찮다. 함께 공연하기에 무리는 없을 듯했다.

'운이 좋군. 이만하면 진짜 자금성에 들어가서 한판 화끈하게 놀아볼 수 있겠어.'

내심 고개를 끄덕인 엽자건이 송지하에게 말했다.

"바로 연습, 시작하기로 하지. 어디가 좋을까?"

"여기가 좋을 것 같소."

"여기?"

"일층에 있는 탁자와 의자를 한쪽으로 쌓아 올리면 면적은 충분하오."

"그렇군."

엽자건이 고개를 끄덕이자 송지하가 이대취에게 얼른 지시를 내렸다.

황궁연회까지 남은 기간은 이제 사흘뿐이다.

수준이 괜찮은 배우들을 모았다곤 하나 손발을 맞추려면

바삐 움직여야만 했다. 천하에서 날고 긴다는 예인들이 모이는 만큼 절대로 대비를 소홀히 해선 안 되었다.

와글와글!

왁자지껄!

순식간에 풍월루 전체가 난장판으로 변했다.

아길을 비롯한 점소이 전체가 이대취의 명에 따라 일사불란하게 움직였다. 식탁과 의자를 한쪽으로 치우고 무대를 만드는 소란이 시장 통을 연상시킬 정도였다.

그래서였을 것이다.

이층 상방에 엎어져서 잠들어 있던 이엽이 벽력같은 호통성과 함께 튀어나왔고, 숙취와 싸우고 있던 묘선랑 역시 비틀거리며 모습을 드러냈다.

"뭐야, 이건?"

"악! 내 가게에 무슨 짓을 하는 거얏!"

이엽은 뜨악한 표정을 지었고 묘선랑은 비명을 질렀다. 그러나 일층에서 움직이는 자들 중 어느 누구도 두 사람을 신경 쓰지 않았다. 오로지 무대를 만드는 데만 집중했다. 그렇게끔 엽자건과 송지하가 만들고 있었다.

"니미럴!"

결국 이엽이 하품과 함께 다시 제 방으로 들어갔고, 묘선랑은 굴러다니고 있던 술병을 집어들었다. 다시 술에 취해 이 악몽에서 탈출하고 싶었기 때문이다.

＊　　　＊　　　＊

서귀대로.

안가로 사용하고 있는 고택을 찾은 동창 제독태감 구양백을 바라보고 있는 천기마야의 눈에는 야릇한 기운이 어려 있었다. 일반인이라면 한차례 눈길을 접한 것만으로 정신이 아찔해질 듯한 모습이다.

구양백이 여전히 부귀한 얼굴에 불쾌한 기운을 담았다.

"마야, 한동안 소식이 없다가 전언을 주시더니, 어찌 사람을 보자마자 마공을 펼치려 하시는 것입니까?"

"마공?"

"흡사 제 속내를 남김없이 읽을 듯한 기세가 아니십니까?"

"그리 판단하셨다면 미안하네."

천기마야가 얼른 자신의 잘못을 인정하고 야릇한 시선을 거둬들였다.

눈앞에 있는 구양백은 대종교에서도 중요한 위치에 있는 자였다. 비록 그가 마천의 총군사이자 대존주의 대리인이긴 하나 함부로 대할 수 없는 존재였다.

그럼 어째서 갑자기 그런 눈빛을 던진 것일까?

귀신이 산다고 알려진 북경의 정계에서 잔뼈가 굵은 구양백이 대뜸 천기마야의 심사를 간파해 냈다.

"근자에 황천기주가 마천의 명을 정면으로 거역하기 시작했다는 얘기를 들었습니다. 그자는 예전부터 능히 그럴 만했지요. 대존주께서 칩거하고 계신 사이 후금에서 홀로 세력을 만들어서 독립을 꾀한 지 이미 오래되었으니까요. 하나……."

"하나?"

"저 구양백은 다릅니다. 황천기주와 같이 천하의 주인이 되고자 하는 야심 같은 건 애초부터 없던 자올습니다."

"그러니 안심하고 계속 북경 쪽을 맡겨도 되겠구만?"

"물론입니다."

"좋군."

짤막한 대답과 함께 천기마야의 눈빛이 다시 예의 야릇한 기운을 만들어냈다. 이번엔 목소리 역시 음침함이 묻어 나온다.

"그러면 내 묻겠다! 곤왕 유대유는 지금 어디에 있는 것이냐?"

흠칫!

구양백의 신형이 가볍게 흔들거렸다. 일시 천기마야의 눈빛과 목소리에 심각한 타격을 받은 듯하다. 둘 다 무림에 일반적으로 알려진 이혼대법을 월등히 뛰어넘는 위력을 지닌 미혼공이었기 때문이다.

그러나 곧 상황이 역전되었다.

번쩍!

상체를 크게 흔들어 보인 구양백의 눈에서 강렬한 광채가 일어났다. 천기마야가 그에게 전개한 미혼공을 일거에 밀어내 버리는 신광이다.

"백룡선안(白龍禪眼)? 네가 무상지도의 파편 중 하나를 얻었구나!"

"그저 파편에 불과할 뿐입니다. 하지만 대존주와 함께하지 않는 마야를 상대하기엔 부족함이 없을 거라 사료됩니다만?"

"그 역시 알았더란 말이냐?"

"근자에 다른 곳에서 대존주를 뵙는 광영을 경험했지 않았겠습니까."

"설마!"

천기마야가 결국 먼저 미혼공을 거둬들였다.

백룡선안은 과거 대송 시절 천하도교의 정종을 자처했던 전진교(全眞敎)의 사라진 절학이었다. 당시 전진교의 창교조 사인 중양 진인은 이 백룡선안으로 수백이 넘는 무림의 마인들을 계도했다고 알려졌는데, 당대에는 그저 전설로 남아 있을 따름이었다.

하지만 천기마야가 보기에 구양백의 백룡선안은 겉 핥기 수준을 간신히 벗어난 정도였다. 만약 진짜로 무상지도의 파편 중 하나를 온전히 얻었다면 방금 전 이리 쉽사리 상황이

종결되지는 않았을 게 분명했다.

당연하달까?

이미 몇 개나 되는 무상지도의 파편을 모은 바 있는 천기마야가 구양백의 백룡선안을 두려워할 리 없다. 그가 먼저 미혼공을 거둬들인 건 어디까지나 대존주를 만났다는 말에 의문을 느낀 까닭이었다.

역시 눈치가 빠른 구양백이 말을 이었다.

"놀랍게도 대존주께서는 곤왕 유대유에게 관심을 보이고 계셨습니다. 아직 그가 죽는 걸 원치 않기도 하셨고요."

"그래서 대학사 엄숭으로부터 빼돌린 것인가?"

"그렇습니다. 하지만 근래 다소 곤란한 일이 생겼습니다."

"구천세야라 불리던 연평왕 주정이 납치되는 바람에 대학사 엄숭과 곤왕 유대유를 추종하는 군부의 결탁이 이뤄지게 생긴 걸 말하는 것이겠지?"

"역시 마야십니다!"

구양백이 얼른 엄지손가락을 치켜세우곤 얼굴 가득 감복한 표정을 지어 보였다. 역시 북경의 정치계에서 잔뼈가 굵은 자다운 추임새다.

천기마야가 슬쩍 손을 들어 보였다.

더 이상 잔수를 쓰지 말라는 경고였다. 그리고 말했다.

"주정은 죽지 않았네. 아직 살아 있어. 그러니 자네가 걱정하는 일은 발생하지 않을 것일세."

"언제 연평왕부로 돌아가는지도 알 수 있겠습니까?"

"곤왕 유대유가 죽는 날, 그리될 테지."

"앞서 말씀 올렸다시피 대존주께서는 아직 곤왕 유대유가 죽는 걸 원치 않으십니다. 그러니……."

"항상 그러셨지. 무상지도의 파편을 얻을 만한 기량을 가진 자에겐 언제나 관심을 기울이셨어. 그러다 항상 본 교가 천하를 제패할 기회를 놓치셨고 말야. 이번에는 그리되지 않아야 하지 않겠는가?"

"…설마 마야께서는 황천기주와 마찬가지로 자립을 하시려는 것입니까?"

"설마!"

입가에 차가운 미소를 매달아 보인 천기마야가 눈에 담담한 신광을 담은 채 말을 이었다.

"어디까지나 마천의 임무는 무상지도의 파편을 모조리 회수하는 것이라네. 본 교가 천하를 제패한다면 그 일은 아주 쉬워지지 않겠는가?"

"……."

구양백의 노회한 노안이 가벼운 흔들림을 보였다.

다시 미혼공을 발휘한 것일까?

그렇지는 않았다. 오히려 구양백은 머릿속이 환하게 맑아지는 걸 느꼈다. 대존주의 기운을 느낄 때마다 항상 느껴왔던 마음속의 갑갑함의 정체를 비로소 알 수 있을 것 같았기 때문이다.

'그랬었군. 그래서 내가 대존주의 명을 좇으면서도 줄곧 마음속 한구석이 갑갑했던 것이었어…….'

그 자신만 아는 뇌까림이다.

아니다.

눈앞에 있는 천기마야 역시 알고 있을 터였다. 오랫동안 무상의 권력을 가지고서도 줄곧 억눌러만 와야 했던 자의 비애를 말이다.

천기마야가 미미하게 고개를 끄덕여 보였다.

"자네 역시 무상지도의 파편을 얻었으니 말하겠네. 동창의 제독태감 자리, 이젠 슬슬 지겨워지지 않았는가?"

"무림으로 나가서 마음껏 즐겨보라, 이 사람을 유혹하고 계신 겁니까?"

"유혹이라 생각한다면 그리 생각하시게. 나는 그저 곤왕 유대유의 죽음만 확인하면 만족할 테니 말일세. 자네도 알고 있을 테지만 대존주님의 유희는 본래 한자리에서 그리 오래 계속되진 않지 않던가?"

"분명히 그러셨지요."

결국 구양백이 고개를 주억거렸다. 천기마야의 뜻에 비로소 동조를 보인 것이었다.

빙긋!

천기마야의 입가에 미소가 떠올랐다.

이것으로 되었다. 곧왕 유대유는 곧 황궁의 쇠창살 속에서 비참한 최후를 맞고 말 터였다.

잠시 후.

구양백이 고택을 떠나고 얼마 지나지 않았을 때였다.

정원을 나와 산책을 하고 있던 천기마야의 배후로 흐릿한 그림자 하나가 모습을 드러냈다. 근래 그의 오른팔이 된 귀살 인도의 당주 마령귀사였다.

"어떤가?"

"무얼 말씀하시는 건지요?"

"저기 멀어져 가고 있는 늙은 태감을 죽일 자신이 있는지 묻고 있는 것일세."

"가능합니다."

"그는 전설상의 기학(奇學)을 얻었어. 정면 대결로는 승산이 없을 것이야."

"살수에게 있어 정면 대결이란 무용한 짓입니다."

"그런가? 그럼 오늘부터 저 늙은 태감을 감시하도록 하게. 그가 하는 모든 일을 세세히 알아내서 내게 보고하도록 해."

"죽이는 것이 아니었습니까?"

"아직은 안 돼. 대존주께서 북경을 떠나실 때까지는 털끝 하나도 건드려선 안 될 일이야."

'대존주라······.'

마령귀사는 뇌리 속에 화인처럼 대존주란 명칭을 각인시
켰다. 곤왕 유대유와 더불어 그의 평생 중 유일하게 살행에
실패한 천기마야의 언중에 담겨 있는 미세한 두려움을 감지
해 낸 까닭이었다.

잠시뿐이었다.

천기마야는 언제 그답지 않은 말을 늘어놓았냐는 듯 화제
를 바꿨다.

"그래, 대학사 엄숭 쪽은 어떻던가? 슬슬 구양백에게 이를
드러낼 때가 된 것 같은데?"

"그의 휘하에 솜씨 좋은 자가 한 명 있는데, 근래 연평왕부
부근을 자주 염탐하고 다닌 듯합니다. 그리고 한 가지 주목해
야 할 사항이 생겼습니다."

"주목해야 할 사항?"

"연평왕부에 개왕 철담협개가 모습을 드러냈습니다."

"곤왕을 구하러 달려온 것인 게지."

"그러리라 생각되어 솜씨 좋은 몇 명을 붙여놨습니다."

"타초경사(打草驚蛇:풀을 두드려 뱀을 놀라게 한다)는 곤란
해."

"단단히 주의를 줬습니다."

"믿겠네."

그 말을 끝으로 천기마야가 다시 천천히 걸음을 옮겨놓았다. 더 이상 마령귀사에게 보고받을 사항이 없었기 때문이다.

문득 그의 눈매가 가늘어졌다.

'철담협개는 그렇다 치고 대법대불왕은 무슨 생각으로 여직 운남에서 움직일 생각을 하지 않는지 모르겠군. 역시 곤왕 유대유가 죽어야만 중원 진출을 할 작정인 건지……'

마음에 들지 않는 전개다.

근래 황천기주는 후금 팔기군 전체를 제압하기 위한 장도에 생각보다 일찍 올랐고, 대법대불왕은 중원 진출을 차일피일 미루고 있었다. 중원을 혼돈으로 몰아넣을 양대 세력이 일단 발을 한 걸음 뒤로 빼어버린 것이다.

모두 곤왕 유대유 때문이었다.

그가 후금을 농락했기에 황천기주는 움직일 수밖에 없었고, 대법대불왕의 경계심은 높아졌다. 둘 모두 중원에 본격적으로 진출하기 전에 반드시 곤왕 유대유의 죽음을 확인하려 하고 있는 것이었다.

그런데 대존주는 도대체 뭘 하고 있는 것인가?

여전히 그는 칩거 중에 유희를 즐기고 있었다. 파황경 속에 거하는 불사의 존재로서 자신의 무료함을 해소시켜 줄 무상 지도의 완성자를 기다리고 있었다.

어처구니없다.

일개 모사로서 천기마야는 속이 뒤집히는 걸 느꼈다. 어떻게든 자신이 모시는 주군의 삐뚤어진 유희를 박살 내고 싶었다. 또한 그리해야만 자신이 원하는 천하의 혼돈이 올 터였다.

'이번 기회에 황궁 무고 안에 보관된 파편까지 모조리 회수해 없애 버릴 것이다. 다시는 대존주의 파황경에 대항할 생각조차 할 수 없도록.'

음험한 뇌까림과 함께 천기마야는 걸음을 조금 더 빨리했다.

어느새 동쪽 끝으로 해가 저물어가고 있었다. 가을에 들어선 북경의 낮은 꽤나 짧아졌다.

*   *   *

연평왕부.

전날 야행인의 등장으로 인해 일어났던 소란이 이제야 조금 잦아들고 있었다. 결국 어떠한 소득도 없이 야행인의 뒤를 쫓아 왕부를 빠져나갔던 초청고수 삼 인이 돌아온 것과 무관치 않은 일이었다.

터벅! 터벅!

힘 빠진 표정으로 왕부 외원에 들어선 삼 인 중 용대성이 짜증 어린 시선을 화목승에게 던졌다. 식당에서 들었던 미세한 소음을 쫓아 추격전을 벌이던 중 그가 몇 차례나 우두머리

노릇을 한 까닭이었다.

"참 대단한 화 표국주로구려? 줄곧 내 말을 무시하고 추격전의 대장 노릇을 하더니만……."

화목승이 노기 어린 표정으로 용대성을 노려봤다.

"내 밤새 참아왔다. 그런데 갈수록 적반하장(賊反荷杖)이 심해지는구나! 용대성, 검을 빼들어라!"

"빼들라면 못 빼들 줄 알고!"

이미 화가 머리끝까지 났던 참이다. 어디에라도 화풀이를 하고 싶던 용대성이 얼른 검을 빼들었다. 당장 화목승과 한차례 드잡이를 벌일 듯한 기세였다.

화목승 역시 마찬가지다.

재빨리 장력을 운기해 그와 맞싸울 준비를 했다.

그러자 언제나처럼 풍오 두타가 두 사람 사이에 끼어들었다. 그 역시 밤새 이어진 추격전 때문에 피곤이 머리 꼭대기까지 뻗친 상황이었다. 웬만하면 툭하면 서로 싸우지 못해 안달하는 두 사람을 놔두고 싶었지만 내심 생각하는 바가 있어서 그러질 못했다.

"그만들 하시오! 싸우고 싶으면 왕부에 들어서기 전에 결판을 내던가, 어째 못나게들 그러시는 것이오!"

용대성과 화목승이 거의 동시에 풍오 두타를 노려봤다. 그가 한 말이 가시처럼 두 사람의 가슴에 콕 박혔다.

"풍오 두타, 지금 뭐라 하셨소?"

"못났다고 하셨소이까?"

풍오 두타가 움찔한 표정이 되었다. 짜증이 머리끝까지 치솟아 있는 두 사람의 분노가 이젠 자신을 향하게 생겼기 때문이다.

'이런 빌어먹을 타불이 있나! 본 존자가 이런 더러운 꼴을 보려고 태행산을 떠나왔더란 말인가!'

내심 욕설이 절로 튀어나왔다.

물론 얼굴 표정은 오히려 사람 좋은 미소를 만들어내고 있었다. 그는 능히 이런 얼굴을 한 채 살수를 가할 수 있는 인물이었다.

"두 분, 이제야 화를 푸셨소이까? 흥분을 가라앉혔으면 본 존자의 말을 들어보시오."

"무얼 말이오?"

용대성의 퉁명스런 반문에 풍오 두타가 얼른 입을 놀렸다. 일단은 뭐라도 좋으니 떠들어야만 한다.

"이곳, 왕부에는 지금 개왕 철담협개 이 방주가 와 계시오. 만약 큰 소란을 일으켰다가 그분이 언짢아하시면 어찌들 하시려는 것이오?"

"그, 그야……."

기세등등하던 용대성이 말끝을 흐렸다. 기세 역시 크게 누그러진 것이 철담협개를 크게 두려워하고 있음을 알겠다.

반면 화목승은 태연했다.

그는 본래 철담협개와 자그마한 인연이 있었다. 오히려 그의 방문에 내심 기뻐하고 있는 중이었다. 용대성이나 풍오 두타와는 사정이 완전히 다르다고 할 수 있었다.

그때다.

마치 풍오 두타의 말을 듣기라도 한 것처럼 저 멀리서 철담협개가 모습을 드러냈다. 마침 관제묘에서의 회합을 끝마치고 연평왕부로 돌아온 것이다.

후다닥!

여태까지 언제나 근엄함을 유지하고 있던 화목승이 호들갑스런 걸음으로 철담협개에게 다가갔다. 경공만 펼치지 않았다 뿐이지 거의 달리는 것이나 다름없어 보인다.

"이 방주님, 저 화목승입니다! 화목승!"

"푸헐, 화 표국주가 아닌가? 천마표국은 어찌하고 이 먼 북경까지 온 것인가?"

"그게 오래전부터 연평왕부와는 거래를 하던 중이라 이번 사태를 그냥 지켜보고만 있을 수 없었습니다."

"그렇구만."

철담협개가 미미하게 고개를 끄덕였다. 그가 아는 화목승은 제법 능력이 있는 표국주로서 신의를 중시 여기는 자였다. 연평왕부와 본래 거래가 있었다면 이번 사태에 친히 나서지 않을 수 없었을 터였다.

그때 용대성과 풍오 두타가 떨떠름한 표정을 한 채 다가와 인사했다. 용대성이 자신과 사이가 좋지 않은 화목승과 철담협개가 친분이 있는 것에 마음을 쓴 반면, 풍오 두타는 내심 가슴이 벌렁거리고 있었다.

천하의 대협객!

당대 곤왕 유대유를 제외하곤 어느 누구도 철담협개 앞에 자신의 이름을 앞세울 수 없었다. 풍오 두타 같은 정사 중간의 인물이 두려움을 느끼는 것도 무리는 아니었다.

과연 용대성의 인사를 반갑게 받아들인 철담협개가 풍오 두타에겐 냉소를 던졌다. 그의 악행이 비록 그리 크진 않지만 딱히 좋은 감정은 가질 수 없는 게 당연하다.

그러나 철담협개 역시 무림을 종횡한 지 오래인 늙은 생강이었다. 현재 자신과 남궁수를 제외하곤 눈앞의 인물들이 연평왕부에서 초청한 제일의 고수들임을 떠올리곤 곧 표정을 풀어 보였다. 앞으로 요긴하게 쓸 일이 있으리란 판단이었다.

"그래, 오다가 들으니 전날 밤에 야행인이 담을 넘었었다고?"

화목승이 얼른 설명했다.

"아주 뛰어난 자였습니다. 밤새 후배가 뒤를 밟았습니다만 끝내 흔적을 놓치고 말았습니다."

"화 표국주가 추격해서 놓쳤다니, 정말 대단한 자로군. 그런데 용 대협도 본래 추종술에 일가견이 있다고 내 들었네만?"

용대성이 역시 연신 고개를 조아리며 대답했다.

"화 표국주와 비교해 볼 때 후배의 재주는 본래 아주 작은 것에 불과합니다. 옆에 계신 풍오 두타와 함께 전력으로 화 표국주를 보좌했습니다만, 결국 야행인을 놓치고 말았습니다."

"그렇군."

미미하게 고개를 끄덕여 보인 철담협개가 세 고수에게 잇달아 미소를 보이며 말을 이었다.

"아무래도 이번 연평왕야 납치 사건은 이 늙은 거지가 총책임을 맡게 될 것 같네."

"당연하십니다!"

"연평왕부의 홍복입니다!"

"대명 황가의 홍복이기도 하지요!"

잇달아 터져 나온 아부의 말에도 철담협개는 안색 하나 변치 않았다. 그가 원하는 것은 이런 말 따위가 아니었다.

"그래서 앞으로 자네들의 도움을 받아볼까 하네만? 앞으로 이 늙은 거지를 보좌해 줄 수 있겠는가?"

"영광입니다!"

"후배, 견마지로(犬馬之勞)를 다 하겠습니다!"

"본 존자 역시 한 팔의 힘을 거들도록 노력하겠습니다!"

다시 질세라 세 고수가 소리를 질러댔다. 개중 풍오 두타는 조금 애매한 대답을 하긴 했으나 여전히 철담협개를 따르겠다는 의향이었다. 여기서 감히 그를 거부했다간 무궁한 뒤탈을 감당할 자신이 없었기 때문이다.

'여전히 철담협개 선배님은 사람을 잘 다루시는구나!'

멀리서 철담협개와 삼대 고수의 대화를 지켜보던 남궁수가 미미하게 고개를 가로저었다.

전날 밤.

엽자건과 함께 커다란 나무 밥통 속에 몸을 숨겼을 때 그녀는 세 고수의 알력과 능력을 충분할 만큼 지켜봤다. 지금 이렇게 한데 목소리를 맞춰 철담협개를 따를 것을 외치고 있는 모습은 가히 놀랍지 않을 수 없었다.

그때 그녀가 고개를 갸웃거렸다.

'그런데 그때 저 세 고수를 식당 밖으로 유인한 건 도대체 누구였을까? 결코 쉽지 않은 일이었을 텐데……'

그녀는 안다.

철담협개 앞에서 경쟁적으로 아부를 늘어놓고 있는 세 고수가 생각보다 훨씬 뛰어난 능력을 지녔음을.

그런 그들이 하룻밤을 꼴딱 새우며 추격하다 실패했다.

내심 생각한 것처럼 결코 쉬운 일일 리 만무했다. 단순히 무공만 높다고 할 수 있는 일이 아니었기 때문이다.

문득 생각나는 얼굴이 하나 있다.

'혹시… 그녀일까?'

남궁수가 떠올린 얼굴은 자신에 못지않은 미녀였다. 그것도 중원에선 보기 드문 이국적인 용모를 지닌 초일류의 인자였다. 엽자건에게 제압된 후 어느새 그의 그림자가 되어버린.

*   *   *

까닥! 까닥!

연평왕부의 내부가 내려다보이는 나무 위.

어느새 모습을 드러낸 환월이 자그마한 발을 흔들며 눈을 빛내고 있었다.

어젯밤 엽자건을 대신한 건 바로 그녀였다.

전장에서와 마찬가지로 자신의 주인을 대신해 연평왕부의 무사들과 초청고수들을 모조리 밖으로 끌어냈다. 날이 새고 다시 저무는 때까지 그들로 하여금 북경 일대를 죽도록 헤매고 다니게 만들었음은 물론이었다.

그렇게 다시 돌아온 연평왕부.

저 멀리 건강해진 남궁수의 얼굴이 보였다. 전날 엽자건과 함께 아주 즐거운 시간을 보냈던 그녀가.

'주인도 참 못됐다. 자꾸만 내 마음을 헷갈리게 만들고 있으니 말야……'

헷갈리는 건 마음뿐일까?

환월은 볼 때마다 예뻐지는 듯한 남궁수를 한차례 더 바라본 후 신형을 띄워 올렸다. 이젠 슬슬 엽자건에게 돌아가야 할 시간이었다. 그림자로서, 그를 사랑하는 여인으로서.

第六十九章

황궁연회(皇宮宴會)

少林
棍王
소림곤왕

소림곤법총요(少林棍法總要)!
소림사에서조차 구하지 못했던 진짜 소림곤에 대한 기록

사흘이 금세 지나갔다.

풍월루의 문을 닫아걸고 공연 연습에 매진한 결과 엽자건은 나름대로 흡족한 결과를 얻었다. 그와 송지하가 주축이 된 공연이 제법 그럴듯한 수준에까지 오른 것이다.

물론 모든 게 만족스럽진 않았다.

엽자건과 송지하는 각자 곤곡과 남곡 일파를 이은 터라 몇 가지 부분에서 의견 차이가 났고, 몇 차례나 싸워야만 했다. 어떻게든 자신이 원하는 방향으로 공연을 끌고 가기 위해 갖은 애를 다 썼다.

예도!

그들에겐 무학의 길보다 오히려 위에 속해 있었다. 쉽사리 상대방에게 양보의 미덕을 발휘할 수는 없었다.

그렇게 다양한 얘기들을 남긴 채 사흘의 연습이 끝났다.

이제 날이 밝으면 세 겹의 성벽으로 둘러싸이고 거대한 호수를 방불케 하는 해자로 둘러싸인 자금성으로 향해야만 했다. 황궁연회에 참가할 자격을 얻기 위해서였다.

새벽.

미명(未明)이 채 창으로 넘어오기도 전에 잠에서 깬 엽자건은 가부좌를 튼 자세, 그대로 눈을 떴다.

숨결을 통해 드나드는 오색찬연한 기운!

언뜻 그의 머리 위에는 세 개나 되는 오색의 환이 형성된 채 빙글거리며 회전하고 있었다.

삼화취정(三花聚頂) 오기조원(五氣朝元)의 경지!

바로 내공이 화경을 뛰어넘어 절대지경에 이르렀음을 보여주는 모습이다. 세수경으로 몸속의 팔대진기를 화합시켰던 그가 어느새 모든 기운을 하나로 합쳐서 현묘한 경지로 향하는 교두보를 확보하는 데 성공한 것이었다.

"후웁!"

일순 엽자건이 가볍게 호흡을 빨아들였다. 그러자 그의 머리 위에서 돌고 있던 세 개의 오색환이 순식간에 자취를 감췄다. 모두 대기 중으로 흩어졌다가 다시 모여서 엽자건의 입속으로 빨려들어 가버렸다.

그와 함께 기다렸다는 듯 눈에서 튀어나온 신광.

번쩍하고 일어난 금광이 일시 방 안 전체를 환하게 밝혔다. 나타날 때처럼 찰나간에 사라진 기경이었다. 오로지 엽자건 본인만 확인할 수 있었던 광경.

그렇게 잠시의 시간이 흘러 평상시의 모습을 회복한 엽자건이 천천히 가부좌를 풀고 일어섰다.

슥!

여전히 용골을 이루고 있는 그의 전신에서는 강한 활력이 흘러넘쳤으나 단지 그뿐이었다. 예전처럼 몸을 푸는 행동은 하지 않았다. 이제 더 이상 외공에 공을 들일 필요가 없어진 까닭이었다.

문득 엽자건이 뇌까리듯 말했다.

"나와!"

"예."

엽자건의 명이 떨어지기가 무섭게 방 안의 한쪽 벽에서 환월이 떨어져 내렸다. 밤새 벽에 달라붙어서 그림자 역할을 수행하고 있었음이 분명하다.

'이 녀석, 밤새 날 지켜보고 있었군.'

내심 고개를 가로저은 엽자건이 환월에게 질문했다.

"연평왕부 쪽은 어떻지?"

"철담협개가 초청고수들을 모두 장악했습니다. 곧 연평왕 납치 사건에 직접적으로 뛰어들 것 같습니다."

"연평왕부 쪽은 금방 일이 끝나겠군."

"그리 생각되진 않습니다."

"왜?"

엽자건이 의문을 표하자 환월이 잠시 머뭇거렸다. 그녀답지 않은 행동이다.

엽자건이 재촉하듯 말했다.

"어째서 대답하지 않는 거지? 혹시 말하기 힘든 일이라도 있는 건가?"

"그게… 아무래도 이번 납치 사건의 배후에는 귀살인도가 있는 것 같습니다."

"뭐?"

반문과 함께 엽자건이 눈살을 찌푸려 보였다.

귀살인도!

절강성에서 해월낭인대와 싸울 때 엽자건을 아주 힘들게 만들었던 인자 집단이었다. 그는 눈앞의 환월이 포함된 귀살인도의 특급 인자들에게 꽤나 많은 수하들을 잃어버려야만 했다.

그런데 그 귀살인도가 느닷없이 북경에 등장하다니!

잠시 고심 어린 기색이 되었던 엽자건이 천천히 고개를 끄덕여 보였다. 문득 해월낭인대와의 전투 중간에 귀살인도가 사라진 까닭을 대충 짐작할 수 있을 것 같았다.

'당시 귀살인도는 해월왕을 버리고 북경에 온 것이었군. 다른 주인의 명에 의해서 말이야. 그렇다는 건 북경에 마령귀사가 있을지도 모른다는 건가?'

해월낭인대와 싸우던 중 엽자건은 마령귀사가 귀살인도 출신임을 알았다. 은연중 그와의 재회를 기대한 것은 어쩔 수 없는 일이었다. 아직도 그는 칠마, 그중에서도 사부 보종을 중독시켰던 마령귀사에 대한 원한을 잊지 않고 있었기 때문이다.

그때 환월이 조심스레 말을 이었다.

"연평왕부 부근을 조사하던 중 저는 귀살인도의 표식과 흔적을 다수 발견할 수 있었습니다. 그러니 제 예상은 틀림이 없을 거예요."

"널 의심하진 않아."

"……."

엽자건이 마령귀사에 대한 생각을 정리하고 환월을 바라봤다. 그녀를 통해 알아내야 할 게 있었다.

"그런데 한 가지 질문할 게 있다. 귀살인도에서 이번 일에 두입된 인원은 특급일 테지?"

"특급이 셋, 일류가 다섯이었습니다. 모두 대충 짐작할 수 있는 자들이었고요."

"뒤를 추격할 수 있겠어?"

"가능합니다."

"이번 일, 강요하진 않겠다."

"하겠습니다. 저는 주인에 의해 자유를 얻었습니다. 이젠 더 이상 과거에 얽매이진 않을 것입니다."

"알겠다. 그럼 부탁하도록 하지."

"예."

환월이 복명과 함께 다시 신형을 감추려 할 때였다. 갑자기 엽자건이 그녀를 불러 세웠다.

"잠깐만!"

"예?"

"이거 가져가."

"……."

엽자건이 환월에게 내민 것은 상당한 현금이 들어 있는 전 낭이었다. 무단으로 자신의 뒤를 쫓아온 그녀가 무일푼일 거 란 건 쉽사리 알 수 있는 일이었다. 인자는 절대 동냥을 하거 나 남의 것을 훔치는 법이 없기 때문이다.

"여긴 북경이야. 천하의 대도라 없는 게 없거든. 그러니까 중간중간 짬이 날 때마다 맛있는 것도 사먹고, 갖고 싶은 건 사. 돈 다 떨어지면 나한테 다시 달라 하고."

"저는 그냥 제 마음대로 주인님을 따르는 것인데……."

"나도 그냥 내 마음대로 너한테 돈을 주는 거야. 팔 아프니 까 빨랑 가져가!"

엽자건의 재촉에 환월이 쭈뼛거리며 전낭을 받아 들었다.

평상시의 절도를 잃고 당황해하는 모습이 은근히 귀엽다.

'귀엽기는.'

내심 싱긋 웃어 보인 엽자건이 손을 내저어 보였다. 이제 그만 가보란 뜻이었다.

"그럼."

환월이 모습을 감췄다. 엽자건에게 전해받은 전낭을 두 손으로 꼬옥 감싸 안고서.

잠시 후.

풍월루 일층에 엽자건이 임시로 명명한 풍월예인단이 집결했다. 엽자건이나 송지하는 둘째치고 다들 잡극 배우들답게 한껏 멋을 부린 모습들이 그럴듯하다.

'하긴 우린 지금부터 자금성에 가는 거지. 예인이라면 꿈속에서라도 서고 싶어 하는 황궁연회에 참가하게 되었으니, 모두 밤잠깨나 설쳤겠어.'

곁에 서 있는 송지하 역시 눈이 살짝 발갛다. 그 역시 다른 배우들과 그다지 다를 것이 없는 것이었다.

좌중을 둘러본 엽자건이 기운차게 말했다.

"떨 것 없어. 우리 풍월예인단은 아주 훌륭하니까 말야. 황궁연회가 별건가? 그냥 널따란 무대 위에 올라서 신명나게 논다고 생각하라구! 알았어?"

"우오!"

송지하를 비롯한 풍월예인단이 일제히 환호성으로 대답을 대신했다. 지난 삼 일간 맹연습 중에 생긴 버릇이었다.

짝! 짝!

송지하가 손뼉을 쳐서 주변을 환기시키자 엽자건이 다시 목청 높여 소리쳤다.

"가자! 자금성으로!"

"우오!"

다시 환호성이 터져 나왔고 지난 사흘간 굳게 닫혀 있던 풍월루의 문이 활짝 열렸다.

                    *   *   *

"하아아!"

멀어져 가는 풍월예인단의 뒤편으로 단내 나는 한숨을 연신 내쉬고 있는 한 여인이 있었다.

이곳 풍월루의 주인인 묘선랑.

그녀는 지난 사흘간 줄곧 기회만 엿보고 있었다. 어떻게든 이대취의 시선을 피해 엽자건이나 송지하와 꿈 같은 하룻밤을 보내고 싶었다.

기회가 아주 좋았다.

다른 어떤 곳도 가지 않고 풍월루에서 죽도록 잡극 공연 연습만 해댔다. 적당히 방을 잡고 통정(通情)을 하기엔 이보다 더 좋은 조건은 있을 수 없을 법했다.

그러나 그녀는 곧 자신의 예상이 완전히 틀렸음을 절감했다.

지난 사흘간 엽자건과 송지하는 정말 열심히 연습했다.

또한 항상 둘이 함께 붙어 다녔다. 아예 살림을 차린 것같이 함께 연습에 연습을 거듭했다. 그 사이에 그녀가 끼어들 틈이 있을 리 만무했다.

게다가 또 한 가지 장애물이 있었다.

이대취?

아니다. 그는 지금 풍월예인단과 함께 자금성으로 떠나가고 있었다. 예인단의 바람몰이꾼 노릇을 하게 된 까닭이다.

"임자, 술이나 한잔할까?"

'에휴우, 이 화상은 어째서 따라가지 않았냐구!

묘선랑이 내심 다시 한숨을 내쉬었다.

지금 그녀의 뒤에 바짝 다가서 손으로 엉덩이를 슬금거리며 만지고 있는 사내, 첫날부터 줄곧 껄떡대던 이염이다.

그는 이째서인지 풍월예인단과 함께 자금성으로 가지 않고 풍월루에 남았다. 지난 사흘간 그랬듯 아주 못된 손버릇을 여지없이 드러내며 그러했다.

"술 자시고 싶으세요?"

"아무렴."

"곧 내오도록 합지요. 그러니 이 손은 잠시만 딴 쪽으로 치워주시지 않겠어요?"

"어이쿠, 이놈의 손이 어찌 그런 곳에 가 있지?"

이염이 여전히 농을 하며 묘선랑의 엉덩이에서 손을 떼어냈다. 입가의 느물거리며 걸려 있는 미소가 콱 한 대 때려주고 싶을 만큼 얄밉다.

'차라리 이대취, 그 인간이 나았지 싶네……'

내심 고개를 절레절레 흔들어 보인 묘선랑이 버릇처럼 엉덩이를 흔들며 풍월루로 향했다. 그 뒤를 이염이 흐뭇한 표정을 한 채 따랐음은 물론이었다.

'저거 천살마도 이염 아냐?'

풍월루로 향하는 이염을 발견한 일수풍개의 눈에 얼핏 놀람의 기색이 스쳐 갔다.

그가 아는 이염은 싸움광이긴 하나 호색한은 아니었다.

줄곧 싸움터를 전전했을 뿐 여염집의 아낙을 탐하거나 희롱하는 짓은 결코 하지 않았다. 부친 철담협개가 그를 아직까지 크게 징치하지 않은 이유이기도 했다.

그런데 저 모습은 뭔가?

비록 묘선랑이 기녀 출신이라곤 하나 남빈로에 있는 모든 사람이 이대취의 여인이라 인정하고 있었다. 임자가 있는 노류장화란 뜻이었다.

그런 그녀를 탐하다니!

문득 철담협개에게 잃어버린 점수를 회복할 기회를 잡았다는 생각이 든 일수풍개의 입가에 쾌심한 미소가 내걸렸다.

'그러자면 역시 적당한 과장과 비유를 동원해야 할 테지? 대충 저런 모습을 보자면 굳이 안 봐도 얼마나 색(色)에 찌들었는지 짐작이 가니 말이야.'

참 쉽다.

일수풍개는 단숨에 한 사내의 가련한 인생을 시궁창에 처박을 작정을 했다. 철담협개에게 이염을 호색한이자 개망나니로 일러바치기로 마음먹은 것이다.

"에, 에취!"

묘선랑의 살랑이는 엉덩이에 빠져 미처 일수풍개를 발견치 못한 이염이 연달아 재채기를 했다.

귀 역시 소지로 박박 긁어댔다.

왠지 모르게 귀가 무척이나 가려웠다.

하지만 그는 아직 모르고 있었다. 향후 자신에게 밀어닥칠 가혹한 시련을.

*   *   *

연평왕부.

철담협개는 그답지 않게 애잔한 표정을 짓고 있었다.

그의 앞에는 지금 간소한 행장을 꾸린 남궁수가 정중하게 허리를 숙이고 있었다. 광란을 일으켰던 몸속의 자고를 귀곡신의 채옹과 엽자건의 도움으로 잠재웠기에 이제 북경을 떠나 창룡검가로 돌아가려 하고 있는 것이었다.

"아직 몸 상태도 정상이 아닐 터인데……."

"이미 많이 좋아졌습니다."

"그럼 자건이는 보고 가지 않으려는가?"

"천룡위주님과는 전날 한차례 만남을 가진 바 있었습니다. 제게 아주 귀중한 무공을 전수해 주셨지요."

"그래?"

"예, 그러니 이젠 그만 본 가로 돌아가 볼까 합니다."

"하긴 자네는 손목도 아직 썩 좋은 편이 아니니, 창룡검가로 돌아가서 잠시 정양을 하는 편이 나을 것일세."

"예, 그럴 작정입니다."

"흐음……."

철담협개가 단호한 남궁수의 태도에 미미하게 고개를 끄덕여 보였다.

본래 그는 엽자건을 손녀 사위로 삼는 걸 거진 포기하고 있었다. 아무리 봐도 이가흔보다는 남궁수가 훨씬 여자로서 매력이 넘치고 품성 역시 낫다고 여겼다. 자웅독고의 존재를 알고서는 더욱 암담해졌다고 할 수 있었다.

그런데 다시 기회가 왔다.

엽자건은 자웅독고의 유일한 해결책인 음양합일을 포기했다.

사내로서 믿기 힘든 일이다.

남궁수 정도나 되는 미인을 얻을 수 있는 기회는 결코 아무 때나 오는 게 아니기 때문이다.

'그 녀석, 그만큼 포달랍궁의 요녀를 마음에 두고 있었던 것인가?'

믿고 싶지 않은 일이다.

엽자건이 남궁수를 포기할 만큼 감요진을 사랑한다면 이 가혼 역시 눈에 들어올 리 없었다. 오히려 어떤 의미론 더욱 암담해졌다고 볼 수 있었다. 남궁수가 어째서 지금 낙담하여 창룡검가로 돌아가려 하는지 역시 대충 짐작이 가는 바였고 말이다.

염두를 굴리며 내심 혀를 차 보인 철담협개가 가련한 마음에 그녀에게 한마디 위로의 말을 던졌다.

"사내란 말일세, 결국 자신에게 잘해주는 여자에게 마음을 여는 법이라네."

"예?"

"마음이 드는 놈이 있다면 깊이 생각하지 말고 마구 들이 대란 말이야. 그러면 결국 넘어오게 되어 있다니깐. 사내란

약하거든. 특히 미인한테 말야."

남궁수가 평상시보다 조금 더 멍한 표정이 되었다.

철담협개는 존경하는 무림의 대선배이다.

비록 신분이 거지이긴 하나 대협객으로서 내심 배울 점이 많다고 여겨왔다.

그런 그가 갑자기 이런 말을 하다니!

남궁수는 잠시 혼란을 느꼈다. 그러나 그리 오래가진 않았다. 그녀는 이미 확고부동한 가치관을 확립한 상태였다. 남의 말 한마디에 흔들리거나 하진 않았다.

"그동안의 노고에 감사드립니다."

"……."

결국 철담협개에게 마지막 인사의 말을 전한 남궁수가 연평왕부를 떠나갔다. 전장에서 엽자건에게 받은 마지막 명령을 따르고자 창룡검가로 돌아간 것이다.

'지금의 나는 천룡위주에게 해줄 것이 없다. 아무것도. 그러니 지금은 떠날 수밖엔…….'

내심의 뇌까림, 엽자건에게 전해지지 않았다.

괜찮다. 상관없다. 곧 다시 그를 만날 것이기 때문이다. 지금의 혼란이 완전히 가라앉은 후에.

점차 멀어져 가는 남궁수를 묵묵히 배웅한 철담협개가 어깨를 한차례 추어 보였다.

내심 걱정하고 있었다.

언제 다시 발작을 일으킬지 모르는 남궁수는 짐이나 다름없었다. 북경에서 곧 벌어질 피비린내 나는 정치 암투에 휘말릴 경우엔 더욱 그러했다.

'그 점을 알기에 스스로 떠난 것일 테지. 그만큼 총명한 아이였으니까.'

철담협개가 내심 고개를 끄덕여 보이곤 신형을 돌려세웠다.

이제부터 연평왕의 정부인인 왕비 채씨를 만나러 가야 한다. 그녀의 도움을 얻어 반드시 확인해 봐야 할 일이 있었기 때문이다.

'오늘 황궁연회가 열린다지? 황제를 비롯한 문무백관 전부가 모일 터인즉, 반드시 자금성에 들어가 봐야겠다!'

내심의 중얼거림과 함께 철담협개가 내원으로 향했다.

교태전(嬌態殿).

내원에서도 가장 깊숙한 곳에 위치한 이곳의 주인은 왕비 채씨로 연평왕이 납치된 시점부터 왕부 제일의 인물이 된 사람이었다.

중간에 발이 쳐져 있는 방 안.

용대성을 비롯한 삼 고수와 함께 왕비 채씨 앞에 앉은 철담협개가 신광 어린 눈으로 목소리를 높였다.

"왕비님, 오늘 열리는 황궁연회에 반드시 이 늙은 거지가 참가해야만 하겠소이다."

"……."

왕비 채씨는 한동안 발 저편에서 침묵을 지키고 있었다. 무림에서 대명이 쟁쟁한 철담협개가 어째서 자금성에 들어가려 하는지 쉽사리 짐작이 가지 않아서였다.

아니다.

그녀는 어느 정도 예상하고 있었다. 단지 그 같은 현실을 외면하고 싶을 뿐이었다.

잠시의 침묵 끝에 왕비 채씨가 입을 열었다.

"왕야께서 납치를 당한 지 두 달이 넘어가고 있습니다. 황궁에 들어가야 한다면 들어가야겠지요. 단!"

"단?"

"혹여라도 왕야의 안위에 이상이 있어서는 안 될 것입니다. 어떤 희생을 치른다 하더라도요."

"이 늙은 거지는 최선을 다하겠다는 말밖엔 드릴 게 없소이다."

"허언은 하지 않겠다는 뜻인가요?"

"그렇소이다."

당당한 철담협개의 대답에 왕비 채씨가 미미하게 고개를 끄덕여 보였다. 그가 믿음직하다 여긴 것이다.

"금일 황궁연회에 연평왕부의 이름으로 한 자리를 마련하도록 하겠어요."

"감사하외다."

대답과 함께 바로 일어서려는 철담협개를 왕비 채씨가 만
류했다.

"한 가지 더 내 얘기를 들으세요."

"말씀하시지요."

"그대는 반드시 황궁에 가기 전에 목욕하고 옷을 갈아입어
야만 해요."

"컥!"

사레들린 소리를 낸 철담협개의 얼굴이 울상이 되었다. 그
의 평생에 가장 끔찍한 소리를 들었다는 판단이다.

"꼭 그래야만 하는 거외까?"

"물론이에요. 그대는 본 왕부를 대표해 황궁연회에 참가하
는 거니까요."

"……."

철담협개가 힘없이 고개를 떨궜다. 왕비 채씨가 한 말은 전
혀 빈틈이 없었다. 따르지 않을 도리가 없다는 뜻이었다.

                    *   *   *

태화전(太和殿).

속칭 금란전(金鑾殿)이라 불리는 이곳은 자금성의 남북으

로 뻗은 주축선에서 눈에 띄는 위치에 자리 잡고 있었다.

황제들은 이곳에서 즉위식, 혼례, 황후 책봉, 출정 외에 만
수절(万壽節), 원단(元旦), 동지(冬至)의 삼대명절 등 성대한 전
례를 올리게끔 했다. 자금성에서 가장 넓어서 사람을 많이 동
원할 수 있었기 때문이다.

저벅! 저벅!

평상시처럼 관복을 걸친 채 등청하던 대학사 엄숭의 이맛
살이 찌푸려졌다.

저 멀리 신무문(神武門) 방면에서 한 명의 노태감이 걸어오
고 있었다. 엄숭과 견원지간이라 할 수 있는 동창 제독태감
구양백이었다.

'어쩌다가 저런 자와 마주치게 되었을꼬?'

내심 혀를 차는 엄숭을 향해 구양백이 먼저 고개를 끄덕여
보였다. 인사였다.

엄숭 역시 가만있을 순 없었다. 언제 이맛살을 찌푸렸냐는
듯 그가 만면 가득 환한 미소를 담은 채 구양백을 향해 걸어
갔다.

"허헛, 구양 공공께서는 여전히 정정하시외다. 다른 태감
들이나 문무백관들이 거의 등청하지 않았는데 벌써 태화전에
나셨으니 말입니다?"

"그저 가까이 살고 있을 뿐이지요. 이 사람보다야 대학사

의 걸음이 빠르셨던 게지요."

"그런가요?"

"그런 것이지요."

구양백이 엄숭에 못지않게 환한 미소를 던졌다. 두 사람의
관계를 모르는 자라면 의로 맺어진 형제라도 본 듯 착각했을
법한 호들갑이다.

그러나 그것이 다였다.

허례로 점철된 인사가 끝나자마자 두 사람은 얼른 서로를
외면했다. 어차피 곧 벌어질 황궁연회 때문에 온 태화전이었
다. 아직 황제도 모습을 드러내지 않았으니 쓸데없이 서로 심
력 소모를 할 필요는 없을 터였다.

'변태 고자 녀석!'

'버러지 같은 책벌레 녀석!'

소리장도(笑裏藏刀)라 했다.

두 사람은 미소 속에 예리한 칼날을 숨긴 채 열심히 서로를
향해 욕했다. 아마 황제 가정제가 모습을 보이기 전까진 절대
그치지 않고 그 짓을 해댈 터였다.

건청궁(乾淸宮).

황제가 사적으로 시간을 보내는 이곳에 오십대 초반가량
의 태감이 찾아왔다.

병필태감 이원식.

황제 가정제가 내리는 칙서를 받아 적는 직책을 맡고 있는 그의 표정은 상당히 어두웠다.

곧 황궁연회가 시작될 시간인데, 아직도 가정제는 알몸으로 침상을 뒹굴고 있었다. 간밤 또다시 궁녀 몇을 끌어들여 마음껏 즐겼음을 알 수 있는 모습이었다.

물론 이원식의 안색이 밝지 않은 것은 눈앞의 문란한 작태 때문이 아니었다.

황제는 본시 무치(無恥)라 했다.

설혹 천하에 있는 모든 여인을 한꺼번에 범한다 한들 부끄러울 것이 없었다. 오히려 후대를 얻는 행위 자체를 열심히 한다는 건 아주 올바른 황제의 덕목이기도 했다.

문제는 다른 곳에 있었다.

'오늘도 또 천도문(天道門)으로 가시면 안 될 터인데……'

천도문.

자금성 내에 가정제가 만들어놓은 도관이었다.

그는 황제에 오른 직후 얼마 지나지 않아 도교 방술에 흠뻑 빠졌는데, 천도문에 무수히 많은 방사와 술사, 도사를 불러들여 불로장생(不老長生)의 비법을 연구케 하고 있었다.

그런데 얼마 전 그곳에 도사가 아닌 자가 감금되었다.

곤왕 유대유.

감히 군문의 말단 주제에 친왕(親王)을 사칭하고 있는 대역무도한 인물이었다. 그자에게 근래 가정제는 흠뻑 빠져 있었

다. 천도문과 연결되어 있는 황궁 무고를 그에게 개방했을 정
도로 말이다.

꿈틀!

갑자기 가정제가 침상 아래로 손을 뻗었다. 바닥에 널브러
져 있는 곤룡포를 집어들려 함이었다.

도도도!

얼른 침상 곁으로 달려간 이원식이 곤룡포를 들어 극례와
함께 가정제에게 바쳤다. 이미 정신을 되찾은 알몸의 궁녀들
을 닦달해 정성으로 수발을 들게 했음은 물론이었다.

그렇게 잠시의 시간이 흘러 가정제가 황제 본연의 모습을
회복했다. 전체적으로 우둔한 것이 전형적인 암군(暗君)의
상이고 몸집은 비대하여 돼지가 울고 갈 만하나 눈빛만은
보통이 아니다. 사람의 심령을 제압하는 기운이 실려 있었
다.

"황궁연회가 언제 시작한다고?"

"이제 반 시진 정도 남았습니다."

"여유구만."

"예?"

"아직 여유가 있으니 천도문을 잠시 들르도록 하자."

"하, 하오나……."

"간다."

어느새 가정제는 빠른 걸음으로 건청궁을 벗어나고 있었

다. 그의 병필태감인 이원식으로선 얼른 뒤를 따를 수밖에 없었다. 언제나와 마찬가지로.

잠시 후.

천도문을 통해 황궁 무고 앞에 이른 가정제의 눈에 기묘한 기운이 어렸다.

천하의 모든 전적이 모아져 있다고 자부할 만한 장소.

황궁 무고의 무수히 많은 서가의 한켠에 장대한 체격에 봉안을 가진 한 명의 무인이 등을 기댄 채 서 있었다. 얼마 전 가정제가 동창으로부터 빼돌려 이곳에 가둬놓은 곤왕 유대유였다.

"재밌는 것 좀 찾았나?"

"황상 폐하!"

유대유가 가정제를 뒤늦게 발견하고 얼른 바닥에 부복했다. 신하로서 당연한 예를 취해 보인 것이다.

가정제는 그런 것에 관심이 없었다.

그는 한걸음에 유대유에게 다가가 그의 손을 대뜸 붙잡았다.

우득!

유대유의 봉안이 가볍게 일그러졌다.

가정제에게 붙잡힌 손목에서 뼈가 으스러지는 듯한 통증이 파고들어 왔다. 동창에 붙잡힌 후 산공독(散功毒)을 복용

당해 내공을 모조리 소실한 그로선 참기가 그리 용이치 않은 고통이었다.

그러나 유대유의 입에선 신음 한마디 흘러나오지 않았다.

그는 천천히 부복을 풀고 일어섰다.

황제가 원한다. 신하로서 따르지 않을 까닭이 없다.

그제야 유대유의 손목을 놓아준 가정제가 누런 이를 드러낸 채 눈을 희번덕거렸다.

"다시 묻겠다. 이곳에서 재밌는 것을 찾았느냐?"

"아직 불로불사의 비법을 발견치 못했습니다."

"그래?"

"예, 하나 치국과 치세의 도리를 많이 찾아냈습니다. 만약 원하신다면……."

"됐다!"

손을 뻗어 유대유를 밀어낸 가정제가 퉁명스런 표정으로 말했다.

"시간이 이젠 얼마 남지 않았다. 빨리 불로불사의 비법을 찾아내는 게 좋을 거야. 그렇지 않다면 네 목숨을 유지하긴 어려울 테니까 말야."

"소신, 신명을 다 바치겠습니다!"

"신명 따윈 바치든 말든 상관없어. 그냥 불로불사의 비법이나 찾아내. 그러기 위해서 널 아직 살려두고 있는 거니까."

"……."

침묵으로 대답을 대신한 유대유를 다시 희번덕거리는 눈빛으로 바라본 가정제가 곧 신형을 돌려세웠다. 더 이상 유대유와 이곳에 흥미를 느끼지 못하게 된 듯했다.

'과연 저 괴물이 진짜 황상 폐하인 것인가?'

유대유가 멀어져 가는 가정제의 뒷모습을 묵묵히 바라보며 내심 고개를 가로저었다.

황궁 무고에서 만난 가정제.

전혀 그가 예전에 알던 황제가 아니었다. 괴물이었다. 천하에 두려울 것이 없었던 유대유조차 내심 자신할 수 없을 듯한.

그게 그를 이곳에 남게 만들었다.

산공독?

언제든지 마음만 먹으면 해독할 수 있었다. 황제 가정제의 진실한 정체만 밝혀낼 수 있다면.

하지만 아직 그는 자신할 수 없었다. 그래서 참는다. 황제의 탈을 쓴 괴물을 말이다.

사락!

잠시 가정제에 대한 생각에 잠겨 있던 유대유가 다시 책장을 넘기기 시작했다.

소림곤법총요(少林棍法總要)!

소림사에서조차 그가 구하지 못했던 진짜 소림곤에 대한 기록이다. 괴물이 된 황제 가정제에 대한 고민조차 잠시 잊고 있었던 건 어쩌면 당연한 일인지도 모르겠다.

〈제7권 끝〉

저작권 보호!!
장르문학의 성장에 힘이 되어주십시오.

저작물의 무단 전재와 복제, 불법 다운로드!
이것은 관심이 아니라 무관심입니다!

작가님들은 창의적 열정과 시간을 투자해 자신의 꿈과 생계를 유지합니다.
한 권의 책을 만들어 많은 사람들은 자신의 인생과 미래를 설계합니다.

저작물 속에는 여러 사람의 노력과 희망이
담겨 있습니다!

저작물의 무단 전재와 복제, 불법 다운로드는 여러 사람들의 꿈과 생계를
위협함으로써 장르문학을 심각한 상황에 빠뜨리고 있습니다.

이제는 무관심이 아니라 관심으로 장르문학의
성장에 힘이 되어주세요.

[도서출판 **청어람**은 항시적인 저작권 보호를 통해 장르문학과
여러분의 희망을 지키겠습니다.]

도서출판 **청어람**

참마도 新무협 판타지 소설

鬼弓士

귀궁사

참마도 작가!! 그가 『무사 곽우』에 이어
다섯 번째 강호 이야기를 새롭게 풀어내다!!

"길의 중앙에서 멋지게 서서 당당히 걸어가래.
사람으로 태어난 이상 그 누구도 당당하게 살아갈 권리는 있다고 말이야."

단야의 오른손이 꽉 쥐어졌다. 별것도 아닌 말이다.
하나 이토록 마음에 남는 소리는 없었다.
사람으로 태어나서……

요물, 괴물.
나이를 먹지 않는 월홍과 얼굴이 징그럽게 망가진 단야.
그들 앞에 펼쳐진 강호란……!

武林君子
무림군자

장진영 新무협 판타지 소설

무림은 그를 영웅이라 불렀고,
그는 자신을 소인이라 칭했다.

"사람이 가져야 할 것 중 가장 기본은 인의(人義). 자신이 정한 바
를 흔들림없이 나아가는
것이 바로 군자의 도(道)다."

얽히고설킨 그들의 인연에 의해 시간의 수레바퀴가 돌아가고,
숨죽였던 무림이 풍룡과 함께 웅대한 날개를 펼친다!!

유행이 아닌 자유추구 -
WWW.chungeoram.com
Book Publishing CHUNGEORAM

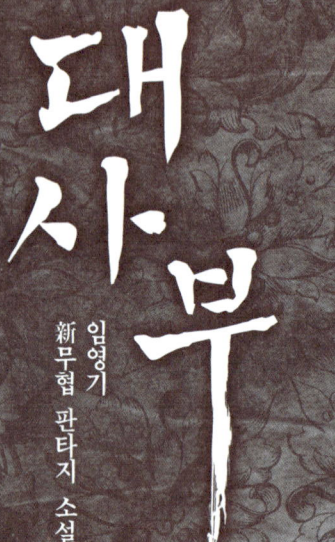

대사부

임영기
新무협 판타지 소설

大邪夫

천하제일 사고뭉치며 천하제일 기세를 지닌
천하제일 사파 후계자가 천하제일 문파를 계승하여
천하제일 성녀와 사랑하고
천하제일 거대 음모와 맞선다

大邪夫

"누구든지 덤벼봐. 내가 바로 기개세야.
천하제일 기개세 말이야."

검의 길을 걷길 원했지만, 태생적인 한계로
꿈을 접어야 했던 치유사 랑스.
그러나 결코 접을 수 없었던 지고(至高)의 꿈을 위해,
자신이 가진 모든 재능을 이용해 최강의 적과 맞서 싸운다!

총탄과 포탄과 마법이 난무하는 전장의 한복판을 지배하는 최강의 전력 기사!
그런 기사에 맞서기 위해, 랑스는 금지된 힘에 손을 대고야 마는데……

과학과 문명이 발달된 새로운 판타지의 전쟁!

THE PANDORA COMPANY

PANDORA
판도라

류승현 퓨전 판타지 소설

유행이 아닌 자유추구 -
WWW.chungeoram.com
Book Publishing CHUNGEORAM

제국 帝国

허담 新무협 판타지 소설

무산전기

신황 단목천의 전무후무한 무림제국이 홀연히 붕괴한 후 삼백 년,
강호의 혼란을 종식시키고자 새롭게 등장한 무산(武山) 천의맹!
그 천의맹에 대변혁의 바람이 분다.

신황 단목천의 영광을 재현하려는 무림의 영웅들!
과연 새로운 무림제국은 다시 탄생할 수 있을 것인가?

그 혼란의 폭풍 속으로 독각수 적풍이 걸어 들어간다.
적풍과 함께 떠나는
파란만장한 강호의 대서사시!

WWW.chungeoram.com
Book Publishing CHUNGEORAM